观音传说

总主编 金兴盛

浙江省非物质文化遗产代表作丛书

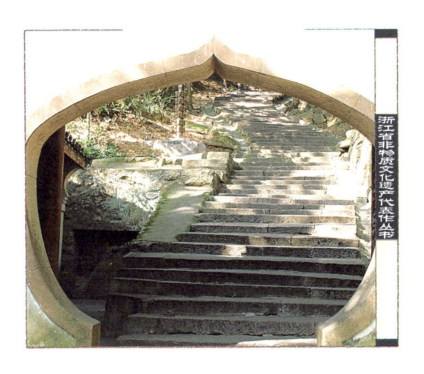

浙江摄影出版社

张坚 编著

浙江省非物质文化遗产代表作丛书（第二批书目）编委会

总 序

中共浙江省省委书记
省人大常委会主任　夏宝龙

　　非物质文化遗产是人类历史文明的宝贵记忆，是民族精神文化的显著标识，也是人民群众非凡创造力的重要结晶。保护和传承好非物质文化遗产，对于建设中华民族共同的精神家园、继承和弘扬中华民族优秀传统文化、实现人类文明延续具有重要意义。

　　浙江作为华夏文明发祥地之一，人杰地灵，人文荟萃，创造了悠久璀璨的历史文化，既有珍贵的物质文化遗产，也有同样值得珍视的非物质文化遗产。她们博大精深，丰富多彩，形式多样，蔚为壮观，千百年来薪火相传，生生不息。这些非物质文化遗产是浙江源远流长的优秀历史文化的积淀，是浙江人民引以自豪的宝贵文化财富，彰显了浙江地域文化、精神内涵和道德传统，在中华优秀历史文明中熠熠生辉。

　　人民创造非物质文化遗产，非物质文化遗产属于人民。为传承我们的文化血脉，维护共有的精神家园，造福子孙后代，我们有责任进一步保护好、传承好、弘扬好非物质文化遗产。这不仅是一种文化自觉，是对人民文化创造者的尊重，更是我们必须担当和完成好的历史使命。对我省列入国家级非物质文化遗产保护名录的项目一项一册，编纂"浙江省非物质文化遗产代表作丛书"，就是履行保护传承使命的具体实践，功在当代，惠及后世，有利于群众了解过去，以史为鉴，对优秀传统文化更加自珍、自爱、自觉；有利于我们面向未来，砥砺勇气，以自强不息的精神，加快富民强省的步伐。

党的十七届六中全会指出，要建设优秀传统文化传承体系，维护民族文化基本元素，抓好非物质文化遗产保护传承，共同弘扬中华优秀传统文化，建设中华民族共有的精神家园。这为非物质文化遗产保护工作指明了方向。我们要按照"保护为主、抢救第一、合理利用、传承发展"的方针，继续推动浙江非物质文化遗产保护事业，与社会各方共同努力，传承好、弘扬好我省非物质文化遗产，为增强浙江文化软实力、推动浙江文化大发展大繁荣作出贡献！

（本序是夏宝龙同志任浙江省人民政府省长时所作）

前 言

浙江省文化厅厅长　金兴盛

　　国务院已先后公布了三批国家级非物质文化遗产名录，我省荣获"三连冠"。国家级非物质文化遗产项目，具有重要的历史、文化、科学价值，具有典型性和代表性，是我们民族文化的基因、民族智慧的象征、民族精神的结晶，是历史文化的活化石，也是人类文化创造力的历史见证和人类文化多样性的生动展现。

　　为了保护好我省这些珍贵的文化资源，充分展示其独特的魅力，激发全社会参与"非遗"保护的文化自觉，自2007年始，浙江省文化厅、浙江省财政厅联合组织编撰"浙江省非物质文化遗产代表作丛书"。这套以浙江的国家级非物质文化遗产名录项目为内容的大型丛书，为每个"国遗"项目单独设卷，进行生动而全面的介绍，分期分批编撰出版。这套丛书力求体现知识性、可读性和史料性，兼具学术性。通过这一形式，对我省"国遗"项目进行系统的整理和记录，进行普及和宣传；通过这套丛书，可以对我省入选"国遗"的项目有一个透彻的认识和全面的了解。做好优秀传统文化的宣传推广，为弘扬中华优秀传统文化贡献一份力量，这是我们编撰这套丛书的初衷。

地域的文化差异和历史发展进程中的文化变迁，造就了形形色色、别致多样的非物质文化遗产。譬如穿越时空的水乡社戏，流传不绝的绍剧，声声入情的畲族民歌，活灵活现的平阳木偶戏，奇雄慧黠的永康九狮图，淳朴天然的浦江麦秆剪贴，如玉温润的黄岩翻簧竹雕，情深意长的双林绫绢织造技艺，一唱三叹的四明南词，意境悠远的浙派古琴，唯美清扬的临海词调，轻舞飞扬的青田鱼灯，势如奔雷的余杭滚灯，风情浓郁的畲族三月三，岁月留痕的绍兴石桥营造技艺，等等，这些中华文化符号就在我们身边，可以感知，可以赞美，可以惊叹。这些令人叹为观止的丰厚的文化遗产，经历了漫长的岁月，承载着五千年的历史文明，逐渐沉淀成为中华民族的精神性格和气质中不可替代的文化传统，并且深深地融入中华民族的精神血脉之中，积淀并润泽着当代民众和子孙后代的精神家园。

岁月更迭，物换星移。非物质文化遗产的璀璨绚丽，并不意味着它们会永远存在下去。随着经济全球化趋势的加快，非物质文化遗产的生存环境不断受到威胁，许多非物质文化遗产已经斑驳和脆弱，假如这个传承链在某个环节中断，它们也将随风飘逝。尊重历史，珍爱先人的创造，保护好、继承好、弘扬好人民群众的天才创造，传承和发展祖国的优秀文化传统，在今天显得如此迫切，如此重要，如此有意义。

非物质文化遗产所蕴含着的特有的精神价值、思维方式和创造能力，以一种无形的方式承续着中华文化之魂。浙江共有国家级非物质文化遗产项目187项，成为我国非物质文化遗产体系中不可或缺的重要内谷。第一批"国遗"44个项目已全部出书；此次编撰出版的第二批"国遗"85个项目，是对原有工作的一种延续，将于2014年初全部出版；我们已部署第三批"国遗"58个项目的编撰出版工作。这项堪称工程浩大的工作，是我省"非遗"保护事业不断向纵深推进的标识之一，也是我省全面推进"国遗"项目保护的重要举措。出版这套丛书，是延续浙江历史人文脉络、推进文化强省建设的需要，也是建设社会主义核心价值体系的需要。

在浙江省委、省政府的高度重视下，我省坚持依法保护和科学保护，长远规划、分步实施，点面结合、讲求实效。以国家级项目保护为重点，以濒危项目保护为优先，以代表性传承人保护为核心，以文化传承发展为目标，采取有力措施，使非物质文化遗产在全社会得到确认、尊重和弘扬。由政府主导的这项宏伟事业，特别需要社会各界的携手参与，尤其需要学术理论界的关心与指导，上下同心，各方协力，共同担负起保护"非遗"的崇高责任。我省"非遗"事业蓬勃开展，呈现出一派兴旺的景象。

"非遗"事业已十年。十年追梦，十年变化，我们从一点一滴做起，一步一个脚印地前行。我省在不断推进"非遗"保护的进程中，守护着历史的光辉。未来十年"非遗"前行路，我们将坚守历史和时代赋予我们的光荣而艰巨的使命，再坚持，再努力，为促进"两富"现代化浙江建设，建设文化强省，续写中华文明的灿烂篇章作出积极贡献！

2013年11月20日

目录

观音传说是建立在观音信仰之上的。没有一种信仰如观音信仰一样深刻地影响着中华文明的方方面面，关联人物从帝王将相到僧俗百姓，影响范围上至建筑、绘画、文学等艺术范畴，下至人民生活、道德启迪，传播区域覆盖了大半个亚洲，影响绵延千年。这股净瓶甘露滋润了华夏大地十余个世纪，并以各种形式留存了下来，尤其是流传于民间口头的观音传说。

观音传说起源于人们对观世音菩萨的崇敬与信仰。在佛教中国化的漫长历史进程中，广大民众怀着对现世的期望、未来的憧憬，以及对观音法门的虔心修学，传播出无数动人的观音传说。其题材来源于社会的各个范畴，有来自佛教经典，有来自造型艺术，更有来自百姓的感应创作和切身体验，涉及观音的身世、显相、灵异、道场、应化事迹等观音信仰中最普遍的几种要素。相对于神圣、庄严的观音信仰，观音传说具有多元化、世俗化和人格化的特征，包含了大量超出宗教范畴的社会伦理思想和普世价值体系。这些传说故事大多是扶危济困、惩恶扬善，其目的除了宗教教化外，还在于倡导与人为乐、行孝敬祖、平等友善、积好修善的社会道德和做人准则。因此，在广泛流传的观音传说中，观音信仰不再仅仅是佛典中所描述的神秘莫测的"自在神力"，它显得从容、亲切、温和，充满了人文关怀，一下子从遥远的清净彼岸走到了凡俗的烟火人间，从令人仰视的圣坛走近每个人的身边，从勇猛丈夫化身为白衣慈母，使一个严肃超然的宗教信仰融入平凡的世俗生活之中，令人可亲、可近、可待。

世事无常，祸福叵测，因而就有了悲欢离合、苦短人生，而观世音菩萨发愿救拔世间一切苦。《法华经·观世音菩萨普门品》中有云："若有无量百千万亿众生受诸苦恼，闻是观世音菩萨，一心称名，观世音菩萨即时观其音声，皆得解脱。"可以说，人间有多少艰难困苦，就有多少观音传说。而相对于佛经典籍中古奥难懂的经文，普通大众对观音菩萨赋予了自己的理解和感悟，或慈悲，或睿智，或金刚怒目，或大士低眉，变化万千，法力无边，温暖着炎凉世态，坚定了摇摆的人心，沉淀了般若智慧。随着观音信仰的传播，观音传说的普及，因缘际会，佛选名山，"于此南方有山，名补怛落迦。彼有菩萨，名观自在"。观音道场普陀山犹如南海小白花，从《华严经》中寻到了典籍依据的土壤，在凡俗无边的烦恼和期望中翩然绽放，而围绕着普陀山产生的观音传说恰似莲花洋里的海潮音，绵延传诵至今。

观音传说不仅仅是民间文学不可或缺的组成部分，还是研究宗教教义、历史沿革、民俗民风、社会思想的重要资料，其中蕴含的慈悲济世、利乐有情的精神，长久以来影响着一代又一代华人，成为中华文明的古老基石。关于观音的传说故事，除了佛教典籍、文学作品外，大量流传于民间。目前可知的第一部专著，是晋代谢敷撰写的《光世音应验记》。现存最早的此类专著是南朝刘宋时期傅亮编成的《光世音应验记》七则、南朝宋张演的《续光世音应验记》十则和南朝齐国陆杲的《系观世音应验记》六十九则，可惜上述三书在我国久已佚失。近现代也有不少高僧和文化人士热衷于观音传说的搜集和研究，并先后出版了一批观音传说选集。2008年，观音传说被国务院公布为第二批国家级非物质文化遗产，观音传说的传承与保护越来越受到人们的重视。2011年，普陀山风景名胜区管理委员会组织人员对观音传说进行普查，搜集志书及新增民间传说，并邀请张坚等人纂成《观音传说》一书，集结观音信仰的历史积淀、民间口碑、诗歌及研究保护等，传承前人智慧，融汇古今中外，对于弘扬中华传统文化，继续做好观音传说这一非物质文化遗产的传承与保护工作具有深远的意义。

"三十二应周尘刹，百千万劫化阎浮。"菩萨慈悲，倒驾慈航，示现众生相，普度世间苦。我辈既与佛国有缘，愿拾得几瓣心香，结成一庐圆融至善，与众生一起守护这庄严净土、澄澈禅心。佛法其实不远，菩萨就在身边。愿此书为阅者妙涤心尘，清凉自在。

是为序。

蒋志伟

观音传说源远流长，年代久远，既是民间文学，又是历史文化。

观音传说是与观音道场共生共存的，因而，自目前能够见到的、自宋开始的历代各类史书中，在记载普陀山观音道场的同时，记载了观音传说。

唐代，有梵僧（或西域僧）来普陀山，为了能见到观音，燔十指尽，则见观音现身，为之说法，并授七色宝石。

唐咸通年间，日僧慧锷从山西五台山携观音宝像至莲花洋，舟不能行。慧锷祈祷，并把观音宝像留在普陀山。

南宋越王史浩在朝拜潮音洞时也见到了观音，继而见到了观音之应身碧眼胡僧。

观音传说就从千余年前开始，一代代、一辈辈流传下来。普陀山的朝拜者、游览者，就是观音传说的传承人。

不肯去观音的传说，为普陀山观音道场的地位奠定了基础。

经书中的善财童子五十三参的记载，则为观音住在南海紫竹林作了佐证。五十三参，参到观音静修地时，刚好处于中间——二十七参，此前为二十六参，此后也为二十六参，这应该不是巧合。

观世音菩萨那么为人们所崇拜和喜爱，还在于其变幻无穷的应身。除了比较规范的千手千眼、三十三体、曼荼罗、面燃、度母、南海观音等诸多实为观音一位的身份变化外，尚有民间的诸多应身，比如手提盛有鲜鱼之篮的渔妇，为罗汉们烧饭的炊事妇，与蛇王斗智的老比丘，与十八响马斗智的老婆婆，等等。

观音传说中的一部分，是与灵异有关的传说。这些传说起自唐代，历经宋、元、明、清和民国，直至当代。所谓灵异，应是当事者遇到和感受的，至于其他人，由于不遇，也就不存在灵异了。比较多的灵异事例，是在"两洞潮音"——潮音洞和梵音洞见到观音尊容。见到了，就是灵异；见不到呢，也应该是常有的事。或者说，由于你的虔诚心、慈悲心不足，故而观音菩萨不见你……

本书第五部分的观音民间传说，分风物、帝王名人、佛经人物、善男信女四个方面，这仅仅是为了阅读和研究的方便，严格地说，是很难为观音民间传说分类的。

本书选辑了部分历代文人、僧侣、武将撰写的与观音传说有关的诗歌，这些诗篇往往从观音传说的某一细节起兴，所以也可以说是诗化的观音传说。

在普陀山观音道场，每年有三个重要的日子——观音出生的二月

十九、出家的六月十九、得道的九月十九,香火格外兴盛,佛事活动不断,称为"三大香会"。

普陀山观音传说,也随着观音信仰向海外传播而传播,传向韩国、日本及东南亚国家。

普陀山观音传说需要保护,需要研究,也需要一代代人的传讲,需要一代代的传承人。作为重要的非物质文化遗产,观音传说在观音道场的文化中获得了重要的地位,得到了较好的保护,研究成果不断涌现。

2008年1月24日,观音传说被国务院公布为国家级非物质文化遗产。

作者

2012年3月3日黄昏　南楼

观音道场的形成与发展

普陀山上的禅宗（名僧）文化、寺庵文化和名人文化，使观音道场成为全国四大佛教名山之一，也成了山海兼胜的旅游地。

观音道场的形成与发展

　　观音传说广泛流传于舟山民间。舟山，位于浙江省东北部的东海之中，背靠沪杭甬，面向太平洋，是华东的门户、祖国的海防要塞，由四千四百多个岛礁组成，为我国最大的群岛。近百万人口散居在一百零三个住人岛屿上，观音传说家喻户晓。

　　普陀山是中国四大佛教名山之一，是闻名海内外的观音道场。

　　普陀山行政管辖区有普陀山、洛迦山、小洛迦山、豁沙山、小山

普济禅寺正山门，规定皇帝来了才开启此门

洞五座岛，其中豁沙山、小洛迦山、小山洞属未开发的无人岛屿。有善财礁、新罗礁、虎啸礁三个明礁。

普陀山上的观音宝陀寺，记载于南宋宝庆朝《昌国县志》。"日僧慧锷请观音"，记载于南宋乾道朝《四明图经》，由此而产生的"不肯去观音"传说一直流传至今。元代盛熙明所著的普陀山第一本志书《补陀落迦山传》中，记载了"善财参观音"、"观音三十二应身"、"唐大中西域僧潮音洞前燔十指亲睹大士说法"等灵异传说。明清以来，普陀山志记述的观音灵异故事更多。民国年间的《普陀洛迦新志》卷三"灵异"，记载观音灵异传说六十八则。除去志书记载外，明代万历年间就有《南海观音全传》一书流传民间，民国初年有《观音得道》话本传于民间。在《西游记》、《封神演义》等古典名著中，都写到了传说中的观音。

普陀山上的禅宗（名僧）文化、寺庵文化和名人文化，使观音道场成为全国四大佛教名山之一，也成了山海兼胜的旅游地。

普陀山为首批国家重点风景名胜区、国家5A级旅游景区、中国最佳休闲旅游胜地、中国十大佛教文化旅游胜地。

2008年元月，观音传说列入国家级非物质文化遗产名录。

[壹]神仙僧侣对观音道场的奉献

普陀山的历史，可追溯至神仙道士的足迹。

相传秦人安期生来山上炼丹，留下仙人井等遗迹。这位神仙还在与普陀山相邻的桃花岛上居住，留下安期峰、安期洞等遗迹，还留下了"安期洒墨现桃花"的传说。

汉代的梅福渡海来山隐居，留下梅福井（丹井）、炼丹洞等遗迹，以至整座山以梅姓命名而称"梅岑"。

晋太康年间，葛洪来山，居仙人井炼丹。

唐大中年间，有梵僧来潮音洞礼佛，燔尽十指，后亲见大士现身说法，授予七色宝石。

唐咸通四年（863年），日本僧人慧锷把从五台山所请之观音像供奉于普陀山，称为"不肯去观音"。

南宋绍兴元年（1131年），曹洞宗高僧真歇清了来山筑庵于宝陀

清康熙皇帝御笔题额"海月常辉"

观音寺后山，匾曰"海岸孤绝处"。他任宝陀观音寺住持后，"郡请于朝，易律为禅"——改佛教律宗为禅宗。

与真歇共创观音道场之基业的有宏智正觉、大休宗珏、自得慧晖等，他们均记载于《五灯会元》中，此书的编者为南宋大川普济，曾任宝陀寺住持。

新建的宝陀讲寺，被称为"普陀山第四大寺"

孚中怀信于元天历二年（1329年）任宝陀寺住持，托钵募化，乞食吴楚间，终于感动了宣让王，捐金建造了现被列为全国重点文物保护单位的多宝塔。

明万历八年（1580年），名僧大智真融至普陀山，"德行远播，僧俗士绅，奔趋如云"，创建了海潮庵。

清康熙年间，别庵性统复兴了法雨禅寺，潮音通旭复兴了普济禅寺，他们的弟子绛堂心明、古心明志、震六源法、法泽明智、梦兰源善、玉峰空怀、见灯空焱等继承师志，维护着名山道场。

法雨寺大殿

　　清乾隆年间,恒学能积经过五年募化,在佛顶山创建了慧济寺。

　　清末至民国年间,法雨禅寺高僧辈出,如先后任该寺住持的立山满圆、化闻福悟,净土宗十三代祖师印光圣量在该寺阅藏经以弘法。

　　民国13年6月,弘一法师来山参谒印光,住山七日。

　　民国年间,名僧太虚在普济寺任职,在锡麟堂闭关,昱山在般若精舍闭关,印顺在慧济寺阅《大藏经》,都增加了佛教名山的知名度和禅宗氛围。

[贰]寺庵见证观音道场的兴衰

　　五代时期,张氏在其双峰山之宅供奉不肯去观音,后梁贞明二年(916年)在其宅地建造了不肯去观音院。宋元丰三年(1090年),

朝廷赐银易址扩建，并赐额易名为"宝陀观音寺"。至明万历三十三年（1605年），朝廷赐名"护国永寿普陀禅寺"。清康熙三十八年（1699年），朝廷赐名"普济禅寺"——此为普陀山三大禅林之一。

明万历八年（1580年），大智真融僧在千步沙北端的光熙峰下创建海潮庵。三十四年（1606年），朝廷改名为"镇海禅寺"。清康熙三十八年（1699年），朝廷赐名"法雨禅寺"——此为普陀山第二大禅林。

明万历年间，僧圆慧在佛顶山巅劈石建慧济庵。清乾隆五十八年（1793年），能积僧首建圆通、玉皇两座殿宇及大悲楼、斋楼等，将慧济庵扩建为慧济寺——此为普陀山第三大禅林。

南宋宝庆年间，宝陀寺列入江南教院"五山十刹"。

元代大德朝、宝庆朝、延祐朝等都有朝廷专使来山进香，赐钱赐山地。元末，山中之寺庵及亭台楼阁、佛塔交相辉映，颇具规模。

明代，普陀山的寺庵等建筑历经衰败、兴盛。洪武二十年（1387年），徙僧毁寺，观音道场仅存一铁瓦殿；嘉靖朝的倭患，又使普陀山雪上加霜。万历初年，倭患已除；八年，海潮庵立；至三十三年（1602年），神宗派太监张随随带兴山资金督造普陀禅寺；同时，山僧如寿、如光对海潮庵进行大规模扩建。万历末年，山上有寺庵二百多处，文人徐如翰有"山当曲处皆藏寺，路欲穷时又遇僧"之诗句。江、浙、闽之善男信女上山礼佛，使莲花洋上"贡艘浮云"、"香船蔽日"。

由于明清更代，清顺治年间，普陀山在南明势力范围之内。八年（1651年），清兵攻占舟山，对舟山百姓实施遣徙，普陀山又经受了一次衰落。

清康熙二十三年（1684年），朝廷"弛海禁"；二十八年（1689年），皇帝赉金千两，重建普陀寺大圆通殿；三十八年（1699年），传旨"山中乃朝廷香火，所有未完之工，以是帑金为之领袖……"观音道场得到了空前的复兴。在朝廷的支持下，寺庵纷纷购置田产，为僧人的生活和寺庵的存在提供了经济方面的保证。

清雍正九年（1731年），朝廷发帑金七万两重兴普陀，经修整后的普济、法雨两寺"琳宫辉煌，甲于江南"。

大雄宝殿的"慧日普照"匾额为弘一法师手迹

有清一代，观音道场保持着兴盛的状态。

[叁]文人与官员对观音道场的影响

南宋绍兴十八年（1148年）三月，后来成为南宋丞相且封为越王的史浩礼山，题"真歇泉"篆额，并撰《代补陀山澜长老缘化起殿榜》、《留题宝陀禅寺碑偈》两文。

诗人陆游两次上山，留下了数首诗，其中《海山》曰："补洛迦山访旧游，庵摩勒果隘中洲。秋涛无际明人眼，更作津亭半日留。"

元代著名书画家赵孟頫游普陀山，其诗有"缥缈云飞海上山，挂帆三日上潺湲"之句。

元泰定元年（1324年），著名文学家吴莱访舟山群岛，其诗句

法华洞远眺

有："笑捻小白华，秋潮落如雪。"

元代龟兹文人盛熙明游普陀山，住数月，撰《补陀落迦山传》。

明代宋濂上普陀山，撰《清净境亭铭》。文徵明上山，赋《题补陀》诗。进士屠隆上山，为普陀山选了十二胜景，并赋诗。

明万历三十一年（1603年），督抚浙江都御史尹应元视师海上，抵普陀山，撰《渡海纪事》文并镌于碑。

明天启五年（1625年），著名书画家董其昌莅山，其所题"入三摩地"、"金绳开觉路"、"磐陀庵"等，至今留在普陀山的石块上。

清代至民国，是观音道场空前兴盛的年代。来普陀山的文士与官员接踵而至，重要的有清乾隆进士全祖望、袁枚，道光举人姚燮，

观音道场之秋色

宣统朝拔贡、试用江西直隶州州判汤浚，以及孙中山、蒋介石、蒋经国、康有为、柳亚子、郁达夫、吴昌硕、潘天寿、刘海粟、巴金等。

此外，自明嘉靖朝起，历任地方武官对于观音道场的影响功不可没。他们或亲临岛山保卫，或奏呈朝廷复兴佛教名山，或为名山选高僧，或为名山留文化……他们当年的题词至今保存下来的有：蓝理在南天门的"山海大观"、张可大在梅公鼎岩的"震旦第一佛国"、何如宾在玉堂街的"作如是观"、侯继高在说法台前的"磐陀石"、上佛顶山香道旁的"海天佛国"，以及刘炳文请名匠镌刻的杨枝观音碑……

善财五十三参与不肯去观音

观世音信仰的最早起源是佛经，佛经传入中国两千多年来，其中的观音渐渐走入民间。现探究普陀山观音传说的主要来源，其一为佛经中的善财五十三参，其二为日僧慧锷与不肯去观音。

善财五十三参与不肯去观音

观世音信仰的最早起源是佛经，佛经传入中国两千多年来，其中的观音渐渐走入民间。现探究普陀山观音传说的主要来源，其一为佛经中的善财五十三参，其二为日僧慧锷与不肯去观音。

[壹]善财五十三参与观音

1. 第二十六参: 鞞瑟胝罗居士。

佛经人物善财童子，在求证佛法过程中，参拜了五十三位善知

观音说法台

识者。第二十六参，参拜鞞瑟胝罗居士。

善度城离宝庄严城不远，善财童子走了数日就到了。

鞞瑟胝罗居士在善度城是一个有名的长者，善财童子毫不费工夫就问到了他的住处。

居士看善财童子是一个肯上进、有诚心的佛教青年，心里很欢喜，即刻高兴地招呼他。

善财童子恭恭敬敬地向居士顶礼说："圣者，我已经发了菩提心，但不知道一个行者应该如何劳力去学菩萨行，修菩萨道。圣者慈悲，希望能够教导我！"

居士说："善男子，你太客气了。其实我也懂得不多，恐怕让你失

善财拜观音洞雕刻

望。我所证得的就叫作'不般涅槃际解脱门'。从这个法门中可以知道，十方一切诸佛如来，其实是没有一位已经涅槃了的。不但过去佛如此，现在佛也如此，甚至未来佛莫不将如此。但是为了调服一切众生，顺应是众生的生活观念，而示现涅槃的幻相而已，因为如来的法身平等无量无边，哪里有起有灭呢? 善男子，为了让你获得进一步的了解，现在就让你参观我所供养的栴檀座如来塔吧!"

于是，鞞瑟胝罗居士引导善财童子来到一间精致的阁楼，阁楼上供养着一座佛塔，塔身看起来并不高，但却非常庄严。

善财童子朝着佛塔拜了三拜，又端详了一会儿，他发现这座佛塔和一般佛塔相较，除了形状小一点外，其实也没有什么两样，实在看不出它的妙处。

鞞瑟胝罗居士似乎察觉出善财童子的心意，立即对他说:"善男子，你可别小看它，因为它能对我们显现许多道理呢。"

说了这句话的鞞瑟胝罗居士，合掌恭敬地向塔一拜，顿时，栴檀佛塔大放光明，从光明中可以很清楚地看到这个世界的一切诸佛，像迦叶佛、拘那含牟尼佛、拘留孙佛、尸弃佛、毗婆尸佛、提舍佛、弗沙佛、无上胜佛、无上莲华佛等过去一切诸佛都次第显现。也可看到这些诸佛从初发心，种善根，获得自在神通，成就大愿大行，具足波罗蜜，入菩萨地，得清净法忍，摧伏魔军，成就正觉，乃至在清净的国土中众会围绕，放大光明，演说妙法，都一一显现出来。不但过去佛如此，像未来下生的弥勒佛，现在的毗庐遮那佛等一切诸佛，也莫不看得清楚而明了。

鞞瑟胝罗居士接着对善财童子说："善男子，你看，如来的法身平等，无所不遍，无所不在，哪里有所谓涅槃起灭呢？"

善财童子对鞞瑟胝罗居士的这一番证悟既钦敬又羡慕，他忙不迭地向栴檀佛塔顶礼膜拜，心中充满了喜悦。

居士接着又对善财童子说："善男子，我所证得的就是这个不般涅槃际解脱门，如果说到大菩萨们以一念遍入一切三昧，知一切法清净的自性，能开悟一切法界众生的种种不可思议功德，就不是我所能说得明白的了。南方补怛洛迦山的观自在菩萨，是一位勇猛精进的丈夫，正在那儿利益一切众生，你赶快去参访他，他一定会向你指示一个大方便的法门。"

善财童子听到这里，心里欢喜雀跃，忙向鞞瑟胝罗居士顶礼，绕了无数匝，表示恭敬，便随着指示向南方走去。

2. 第二十七参：观自在菩萨。

补怛洛迦山是一个海外仙境，这地方泉流萦绕，树林蓊郁，香草柔软，尤其是许多洁白如雪的莲花，在清澈见底的池塘中散发出沁人的香气，闻到的人莫不感到神清气爽，舒畅无比。

善财童子走到西边的岩谷中，他看到观自在菩萨在一块大金刚石上结跏趺坐，原来他正在对着大众说法呢。

观自在菩萨的周围有许许多多的菩萨，也都坐在宝石上聚精会神地聆听微妙的法音。

善财童子看到这种情景，欢喜得不得了，跟随着大众聚精会神地合掌谛听。

观自在菩萨看见善财童子来了，很高兴地对他说：

"善男子，你来得正好，你发救度一切众生的大乘心，一心一意专求佛法，勤学普贤妙行与大愿的深心，能广积善根，不违背善知识们的教诲，这种精神很令人敬佩。

"善男子，你从文殊师利的智慧功德大海中诞生后，经过这么久的参访，在佛法中

观音宝像

渐次成长，使身心成熟与清净，现在已获得广大三昧光明。你的智慧清净，就好像在虚空中，不但自己明了，又为他人立下榜样，使他人获得安住在如来的智慧光明中，这种功德多么令人赞叹！

"善男子，凡是在如来所住的地方，我就常以这个大悲行门，普现在一切众生之前，来协助如来去救护他们。我有时以布施、爱语、利行、同事的四摄法去摄化众生，有时又以色身、光明、音声、威仪、说法、神通去随机度化众生，甚至我也变成与他们同类的形状，和他们生活在一起，然后才应机摄化他们！

"善男子，我修这个大悲行门，就是要使一切众生远离险道、热恼、迷惑、束缚、杀害、贫穷、死亡、恶名、恶趣、黑暗、爱别、怨会、忧悲等身心的逼迫。"

善财童子听了，又上前向观自在菩萨恭敬地顶礼说："圣者，我已经先发了菩提心，可是仍然不能明白一个行者应该如何去学菩萨行、修菩萨道。我听说圣者循循善诱人，希望能为我解说。"

菩萨说："善男子，我已成就了大悲行解脱门，我用这个法门去教化一切众生。善男子，假若有的众生心中记念着我，或者称念着我的名号，或者用眼睛看着我，我总要想出种种的方便，设法去救护他们，使他们远离痛苦，发菩提心，以获得不退转。"

观自在菩萨说到这里的时候，突然大地震动，善财童子抬头一看，原来东方的虚空中来了一位菩萨，他就是正趣菩萨。

紫竹林禅院，相传观音居此

不一会儿，正趣菩萨走到这个娑婆世界的轮围山顶，他用脚轻轻地按了按地面，只见这个世界突然变成由重宝所庄严而成的美丽地方。

正趣菩萨全身大放光明，掩蔽了整个日月星辰，他的光明也照遍了一切地狱、畜生、饿鬼及阎罗王的住处，令这些恶趣的众生，痛苦消灭，烦恼不起，一切的忧悲愁苦逐渐远离。

正趣菩萨又在一切的诸佛国土中，普降许多华香、璎珞、衣服、幢盖一类的庄严器具来供养诸佛；又随着众生的喜好，把庄严的供品普降在他们的面前，使大家获得实益，心中也充满了欢喜。

观自在菩萨这时告诉善财童子说："善男子，你看到这位正趣菩萨吗？"

善财童子回答说："很欢喜的，我已经看见了！"

观自在菩萨说："善男子，你不是要知道怎么样学菩萨行、修菩萨道吗？一个很好的机会，你尽可以去向他请教吧！"

3. 第二十八参：正趣菩萨。

满心欢喜的善财童子，谨受观自在菩萨的指点，立即向正趣菩萨顶礼合掌说："圣者，我已先发了菩提心，但还不知道一个行者应该如何学菩萨行、修菩萨道，希望圣者指导我。"

正趣菩萨笑容可掬地说："我原是参加大士的法会来的，大士在这里，哪里有我说话的余地呢？既然大士这么客气，那恭敬不如从命，就将我所证悟的告诉你

善财童子

吧。我所证悟的叫作'普门速疾行法门'。"

正趣菩萨说到这里，似乎有什么困难似的，不再说下去。善财童子感到很奇怪，便又问："圣者，但不知您从什么佛刹证悟到这个法门，离这里有多远？"

正趣菩萨说："善男子，这件事不容易知道。因为我所证悟的法门不是一般人所能了解的，即使是一切世间天、人、阿修罗、沙门、婆罗门等也不例外。只有那勇猛精进、无退无怯、具足善根、有智慧眼的菩萨才能明白。"

善财童子说："圣者，我承受佛的威神之力，以及善知识们的教诲，自认已经能够信守奉行，希望您能为我解说。"

菩萨说：

"善男子，我从东方妙藏世界普胜生佛的国土来到这里，也是在那里证悟到这个法门。从那里出发以来，已经过不可说佛刹微尘数劫了。但是请你不要以为因我走得慢才花了那么多的时间，其实我在每一个动念中就能够迈出不可说不可说佛刹微尘数步，在每一步中，又能够走过不可说不可说世界微尘数佛刹，并且在每一个佛刹，我都能用我的微妙供具去供养当地的如来，这些微妙的供具都是由无上心所成，无作法所印，是诸如来所忍，是诸菩萨众所赞叹的！

"善男子，从我出发弘法度众以来，到现在已经不知道经过多少世界，救度过多少众生了！在我所救度的众生中，我都尽量地去了解他们的根器及需要，或者大放光明，或者现身说法，或者施授财宝，或者施予方便，尽心尽力去教化调服他们。

"善男子，我如此的勤劳奋勉与努力不懈，为了救度众生，夙夜匪懈，不忍休息，这种实干苦干的精神，就是大乘菩萨的真精神。

"善男子，世界无量，众生无边，三界如火宅，众苦正煎迫，谁又忍心休息呢？这就是我所证得的普门速疾行法门的内容及缘由，但是除了诸佛及菩萨们外，又有几个人能真正了解菩萨们的这一片苦心呢？

"善男子，南方有一个堕罗钵底城，那里有一位大天神，你就继续去参访他吧！"

不肯去观音院

善财童子感于菩萨们救度众生的苦心，不觉涕泗横流，久久不能自已。为了众生，虽然依依不舍，但他还是忍泪拜别二位大士，向南方走去。

[贰]不肯去观音

不肯去观音的传说，可以说是普陀山观音信仰和传说的一种支撑。日僧慧锷欲把从五台山所请观音像带往日本，但行船到了普陀山的莲花洋就无法行驶了——观音不肯去日本，就以灵异来告诫日僧。因日僧留下了观音像，观音道场就越来越兴旺了。

"不肯去观音"虽仅仅是一个传说，但这个传说的意义在于，一千多年前普陀山因此而走上了观音道场形成的漫长之路。

佛教自唐时传至日本，当时有很多求法的日本人到中国访道寻师。其中有个慧锷和尚，远渡重洋来到中国，一方面寻师访道，一方面参访各处佛教圣地。有一天，他来到山西五台山朝拜大智文殊师利菩萨，遍游五台圣地，看见一尊观音大士的圣像妙相庄严，心美不已。本想向该寺当家师父商请运回日本供养，恐不允所求，他最后的办法是"不予自取"，以为这是出于善心，能使日本人民睹圣像而生信敬，"皈依者福增无量，体念者罪减河沙"，这种做法不犯佛戒中的"不予而取的盗戒"吧？他打定了主意，就偷偷地把这尊圣像请走了。

慧锷和尚既然获得了这尊无上尊贵的圣像，当然不敢再在五台山逗留下去，马上束装就道，搭舟东渡。当这条船开到现在浙江舟山群岛时，忽然洋面现出无数的铁莲花（今称"莲花洋"），挡住船的去路，如是者三日三夜，这条船始终无法前进，只能远远地在普陀山四周打转。慧锷此时惊惶不定，他开始静坐思过了。他扪心自问，生平无大过，从来没有做过什么不可告人的坏事，为什么今天在海洋遭阻，进退不能呢？佛教徒遇着无法解决的困难事，唯一的办法就是跪向佛前，至诚忏悔。当他跪到菩萨像前时，忽然想起这尊菩萨是不予自取的。这时他才恍然大悟，跪下祷告说："大士！弟子因见菩萨圣像庄严，我国佛法未遍布，圣像少见，我想将菩萨圣像请回日本供奉。假使我国众生此时无缘见您法像，当遵所示，弟子即就该处，建立精舍，供奉圣像。"祷罢舟行，竟至潮音洞边安然停下。

"慧锷与不肯去观音"浮雕

那时普陀山还是一片荒岛，荒无人烟，虽然在汉时就有汉光武皇帝的好友严子陵的岳丈梅子真隐居在这个山上修真养性（即今梅福庵），可是很少有人知道海中有此山。一直到五代后梁贞明年间，这里仍然还是一座荒山孤岛，只有几个渔民在山上搭几间茅草棚，住在海边山坳里。当时慧锷和尚泊舟上山后寻了大半天，好容易才在靠潮音洞不远的山旁边找到一间渔人茅舍。该舍张姓主人以打鱼为业，经过慧锷和尚说明来意，他大为感动，同时也欢喜得不得了：菩萨连日本国都不愿意去，而要留在我们这个孤岛荒山之中，显化弘法这一座荒山，真是与菩萨有大因缘了。我们住在这附近的人，也真有很大的福德和善根哩。他心中有了此念，即慷慨地对慧锷和尚

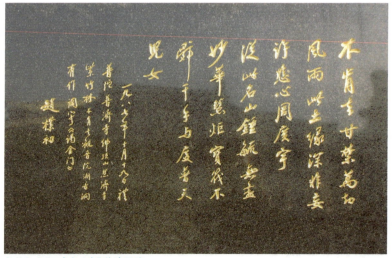

赵朴初为"不肯去观音"作诗题壁

说："师父！贵国的人既无缘见佛，那么你就与菩萨一并住在我们这山中，我把住的房子和地方让出来，你可以筑庵供奉菩萨。"因此时人呼此地曰"不肯去观音院"。慧锷法师就成了普陀山第一代开山祖师，这就是普陀山观音道场开山的由来。

观音应身是观音传说之源

观世音菩萨慈悲度生，有求必应。为了教化不同环境、不同根基众生的需要，常变化成不同身份的形象。

观音应身是观音传说之源

[壹]千手千眼观音等

1. 圣观世音菩萨。

　　圣观世音菩萨为观音诸相的正体，为了要与十一面、千手、如意轮等观音相区别，故称为"圣观世音菩萨"。梵名Avalokitesvara，音译为"阿缚卢枳帝湿伐罗"，旧译为"光世音"或"观世音"，新译为"观世自在"或"观自在"，密号为"正法金刚"或"清净金刚"。

南海观世音浮雕

其形象：左手持未敷莲花，右手做欲打开莲花状，全身呈金色，极其光耀，是极乐世界内诸圣尊之一。其左手所持之莲花，表示一切众生本来自性清净；右手做欲打开莲花的姿势，是表示众生本来清净的本性一时被无明所蔽，而不知脱离，因此他以大悲功德解除众生的无明、迷妄。

此尊在极乐世界侍于阿弥陀佛的左面，代表着"慈悲"。他为解除一切众生的苦恼，又常应化到娑婆世界中来。

在《法华经》、《楞严经》中记载着此菩萨于种种国土现种种身，应机化度众生，其形象各有不同。

另外，尚有侍于阿弥陀佛时的形象，为释迦佛胁侍时的形象，做佛顶轮王右胁侍时的形象，为主尊时的形象，等等，皆是圣观世音菩萨不同形象在不同场合时的示现。

信仰圣观世音菩萨的人自古以来就很多，不管是西方三圣像或独立一尊像，都是如此。

2. 千手千眼观世音菩萨。

千手千眼观世音菩萨梵名Sahasrabhujaryalokitesvara，音译为"沙诃沙罗希惹阿利耶缚路枳帝湿婆罗"，意译为"千手千眼观世音菩萨"或"千臂观音"、"千光观音自在"，详名"千眼千首千舌千足千臂观自在"，密号为"大悲金刚"。其形象：在两眼两臂之外，左右各有二十手，表示如来、金刚、摩尼、莲华、羯磨五部各八手，成

为四十手。四十手中现菩萨像,每手含二十五有界,故成一千。

千手千眼,意味着无量无边广大数量。身上具足四十手,掌中各有一慈眼,依诸类众生而执持种种宝物,住莲华台,显示观自在菩萨绝对之神通和悲力。有关四十手执物,除本臂二手合掌外,左手依次为:日轮、宫殿、戟稍、羂索、宝弓、红莲、白莲、军持、玉环、宝夹、铁钩、金刚杵、宝螺、白拂、宝铎、如意珠、化佛、宝镜、榜牌、宝钵。右手依次为:月轮、五色云、锡杖、宝剑、宝箭、紫莲、青莲、胡瓶、金轮、占经、钺斧、三钴、蒲桃、杨柳、宝印、施无畏、顶上化佛、髑髅、数珠、合掌。

千手千眼观音又有二十八部眷属大众,为拥护信仰观世音菩萨之行者。二十八部乃一方有四部，四方上下共二十四部，更于四维各一部，合成二十八部。

千手千眼观世音菩萨在六道中专司地狱道，以此菩萨为本尊，所行法叫"千手观音法"，有敬爱、息灾免病、除难死与难产等利益。

3. 马头观世音菩萨。

马头观世音菩萨梵名Hayagriva，音译"诃耶揭哩嚩"或"贺野纥利缚"，意译为"大力持明王"，又名"马头明王"、"马头大士"或"忿怒持明王"，全称"圣贺野纥哩嚩大威怒王立成大神"。此菩萨现忿怒色，呈猛威摧伏相，头上戴马头，如转轮圣王之宝马，奔驰威伏四方，跋涉生死大海，故又名"狮子无畏观音"。六道中司掌畜生

百步沙上的师石亭

道，密号为"啖食金刚"，又称"迅速金刚"。

此菩萨内含忍辱柔和，不形于外。其身体不黄不赤，恰如日出色彩，口放猛烈火焰，三眼光锐，上齿咬下唇，露一双白牙，头发如同狮子项毛般怒发冲冠，额戴化佛，头上置白马头，结跏趺坐。通常所见为一面二臂，双手合掌或结施无畏印。

4. 十一面观世音菩萨。

十一面观世音菩萨梵名Ekadasa-mukha，音译为"噎迦娜舍目佉"，意译为"十一最胜"或"十一首"，亦称"大光普照观世音"，密号为"慈愍金刚"。头上的十一面中，左右十面表示因位的十地。最顶上一面表示十一地的佛果，以便使一切众生转无明为十一品，得

在普陀山随处可见的观音宝像

十一地佛果,此尊形象即依其所成就的圆满功德具体化成。

十一面观音,显示观世音菩萨观照十方,象征普门示现,在六道中摄化修罗道,怜愍众生痴愚,而现大光普照之相救度之。

与此相应的有十一面神咒,出自《十一面观世音神咒经》。诵念此神咒,刹那即现利益,除忧恼、病苦、障难、灾怪、噩梦等,诸愿得以满足,受十种功德及四种善报,利益殊胜。

5. 如意轮观世音菩萨。

如意轮观世音菩萨梵名Cinta-mani-cakra,音译作"震多末尼",意译为"所愿宝珠轮"、"如意轮"或"如意轮王"。此菩萨可如意出无数珍宝,住如意三昧,常转法轮,摄化有情,授予众生富贵、财产、智慧、威德等利益。密号为"持宝金刚",又叫"与愿金刚",六道中导化天界,亦称"大梵深远观世音菩萨"。

如意轮观音有二臂、四臂、六臂、八臂、十臂、十二臂等,通常为六臂,一手做思维状,余五手分别持如意宝珠、念珠、明山、莲华、轮,表愍念众生、解除诸苦恼、净诸非法等功德,顶结宝髻,身金色。

唐长寿二年(693年),南印度沙门菩提流志来中国译出《如意轮陀罗尼经》;长安三年(703年),义净译出《金光明最胜经》十卷。从此,如意轮观世音菩萨信仰在中国开始传播,以此菩萨为本尊的修法,称"如意轮观音闻持法"。

6. 准胝观世音菩萨。

准胝观世音菩萨梵名Cundi，音译作"准提"或"准泥"，意译为"七亿佛母"、"三世诸佛之母"，又称"七俱胝佛母尊"、"尊那佛母"、"三界母"、"世母"等，大道中导化饿鬼界，密号为"最胜金刚"。

据《法华经玄赞》第二载：准胝观世音菩萨"其像三面有三眼十八臂，上二手呈说法相，右第二手结施无畏印，第三手执剑，第四手持宝蔓，第五手持掌俱绿果（印度果名，略似柠檬），第六手持钺斧，第七手握钩，第八手执金刚杵，第九手持念珠。左第二手执如意宝幢，第三手持开敷红莲花，第四手持军持，第五手持绢索，第六手持轮，第七手持法螺，第八手持贤瓶，第九手掌般若梵箧。莲花底绘有

普陀山悦岭禅院之庭院

水池，池中有难陀龙王与鸠波难陀托莲花座，上画二净居天。"

唐永徽元年（650年），中印度沙门地婆诃罗在中国译出《七俱胝佛母心准提陀罗尼法》一卷，准提观世音菩萨信仰在中国开始传播。其咒文称《准提咒》诵此准胝陀罗尼，光明照耀，罪障消灭，延年益寿，远离恶趣，受诸菩萨守护，得证无上菩提，聪明，夫妇和合，诸病痊愈，以此菩萨为本尊所修之法，称"准提法"。

7. 不空罥索观世音菩萨。

不空罥索观世音菩萨梵名Amogha—pasa，音译为"阿漠伽皤舍"，意译为"不空罥索"。"不空"是心愿不空之义，闻此观世音菩萨，瞻仰其尊容，一心称名，其功德不落于空。"罥索"又名"宝索"、

百步沙

"金刚索"，是战斗及狩猎用具，捕人马之绳索，因为无物不取，故称"不空羂索"。此菩萨又名"天人丈夫观世音"，六道中化导人界，又称"不空广大明王观音"或"不空悉地王观音"，密号为"等引金刚"。

有关不空羂索观世音菩萨的经典，仅《大正藏》第二十卷所录就有八种。其中唐代菩提流志所译《不空羂索神变真言经》凡三十卷七十八品。第一品明示观世音菩萨住补陀洛迦山，佛临补陀洛迦山观世音菩萨宫殿时，观世音菩萨于佛前说过去九十一劫之最后一劫，由世间自在王如来前受不空羂索心王母陀罗尼真言，焚香供养虔诵此真言者，现世得二十赞叹功德，临终得八种殊胜利益；不仅可除病疫灾厄，增进福利，临终可满足往生净土愿望。此菩萨之信仰，还带有国家社会普遍性，能得国泰民安，平定祸乱，消灭恶疫等利益。

不空羂索观世音菩萨有一面八臂、三面四臂、三面六臂、三面十臂、十面十八臂、十一面三十二臂等多种，以一面三目八臂像为常见。

[贰]三十三体观音

观世音菩萨慈悲度生，有求必应。为了教化不同环境、不同根基众生的需要，常变化成不同身份的形象，三十三体观音是菩萨变化身份的一部分。

除了三十三体观音，在普陀山，另有南海观音、普陀大士、普陀观音、普度观音等，皆因山而名。

芥瓶禅院

慈悲观音。以观音菩萨大慈大悲的悲愿而名，俗传修道洛迦山。

漂海观音。信徒们以普陀山雄踞海中，菩萨来山都要漂洋过海而名；另有慈航观音，亦同义。

紫竹观音。以传说菩萨住在普陀山的紫竹林中布道而名，传称"紫竹林中观自在"，今有紫竹林禅院供奉玉琢紫竹观音。

佛法传来我国并东传日本后，其显化事迹不可胜数，从佛弟子的信奉，普及为民间的信仰。三十三体观音是我国唐宋时期及日本民间信仰的观音集合而成。此观音形象，在日本的有些寺院中尚能见到，在我国则已少见了。

从佛经等典籍看，观音现身的比较正宗的说法，有六观音（七观音)、八观音、十五观音等。《千光眼观自在菩萨秘密经》中更有二十五观音、四十观音之说。

六观音：《陀罗尼集经》、《七佛八菩萨经》和《摩诃止观》等典籍说六观音乃观音特性以人格表现出来，六观音的排列是大悲观音、大慈观音、狮子无畏观音、大光普照观音、天人丈夫观音、大梵深远观音。世俗分别称为"圣观音"、"千手观音"、"马头观音"、"十一面观音"、"准提观音"、"如意轮观音"。

七观音：最初天台宗提倡五观音，后来密部传入种种变化之观音，将千手观音置于首位，遂成六观音。六观音中东密除去不空羂索观音，代之以准胝观音，台密认为准胝是佛母，不能代替观音，故除去，加上了不空羂索观音。后人将两者合并，成为七观音。

在三十三体观音中，普陀山观音道场最多宣扬并有民间传说的，为杨柳观音、鱼篮观音和蛤蜊观音。

三十三体观音为：

（1）杨枝观音：亦称"杨柳观音"，菩萨随顺众生的愿望，时刻利益众生，恰似杨柳随风荡漾，因而得名。右手执杨枝，左手掌张开，手举胸前或执净瓶。

（2）龙头观音：多表现出云中乘龙的姿势，也有结跏趺坐在龙身上，是三十三身中的天龙身。

（3）持经观音：坐在崎岖的岩石上，右手执经卷，是三十三身

法雨寺大殿一角

观音中的声闻身。

（4）圆光观音：乃观世音菩萨慈爱圆满，光明赫赫的表征，其像背有火焰光明，端坐于岩石上。

（5）游戏观音：乘五彩云，左手安放于偏脐处，做游戏法界相。

（6）白衣观音：身穿白色衣服，手执红莲花，结跏趺坐于敷有软草的石上，双手结定印，是三十三身中的比丘、比丘尼身。

（7）卧莲观音：合掌坐于卧莲上，为三十三身中的小王身。

（8）泷见观音：又名"飞瀑观音"，坐于岩石上观望瀑布，故名，是《普门品》中"火坑变成池"一句的象征。

（9）施药观音：施与良药，除治众生身心两病之观音。坐于水旁岩石上，右手撑颊部，左手叉腰，凝视莲花。

（10）鱼篮观音：手持鱼篮之观音。有两种，一为立于大鱼背上，一为手提盛有大鱼之篮。是《普门品》中"或遇恶罗刹"一句的象征。

（11）德王观音：趺坐岩上，右手持绿叶，左手置于膝上，是《普门品》中的梵王身。

（12）水月观音：基本形象为在月下乘一莲花舟，荡于海上观月，左手持未开莲花，右手结施无畏印，掌中有水流出，是三十三身中的辟支佛身。

（13）一叶观音：乘一片莲花，悠然荡于水面上，是三十三身中的宰官身。

（14）青颈观音：一称"青顶观音"，坐于断岩上，右膝立起，右手放在膝上，左手扶着岩壁，是三十三身中的佛身。

（15）威德观音：是折伏之威和爱护之德兼备的观音。左手执莲花，右手着地，坐于岩上观水，是三十三身中的天大将军身。

（16）延命观音：是《普门品》中"咒诅诸毒药……"一句的象征，能除此诸害，而得延命，故名。倚于水边岩上，右手掌颊，悠然观水。

（17）众宝观音：右手着地，左手置于立着的膝上，是三十三身中的长者身。

（18）岩户观音：端坐岩窟内，悠然欣赏水面，是《普门品》中"蚖蛇及蝮蝎……"一句的象征。

（19）能净观音·伫立海边岩上，做静寂相，是《普门品》中"假便黑风吹……"一句的象征。

（20）阿耨观音：左膝倚于岩上，两手相交，眺望海景，若有人在海上遭遇龙鱼诸鬼大难时，念此观音，可免风波之险，是《普门品》"龙鱼诸鬼难……"一句的象征。

（21）阿摩提观音：其形象为白肉色，三目四臂，乘白狮，身有光焰，天衣璎珞，慈容谛视左方。

（22）叶衣观音：坐于敷草的岩石上，身披千叶衣，头戴宝冠，冠上有无量寿佛像，璎珞环钏，身有圆光。四臂，右第一手持吉祥果，第二手施与愿印；左第一手持钺斧，第二手持碬索，是三十三身中的帝释身。

（23）琉璃观音：又叫"香王观音"，脸呈白色，头戴金冠，双手捧香炉，立莲瓣间，游化水上，是三十三身中的自在天身。

（24）多罗观音：又名"多罗尊"，或称"救度母观音"，其形象青白色，如仙女状，微笑，着鲜白衣，合掌持青莲；通身圆光，首有发髻，做天髻形。

（25）蛤蜊观音：出现于蛤蜊壳中，是三十三身的菩萨身。

（26）六时观音：昼夜哀愍守护众生之观音。脸呈白色，衣着高雅，左手执摩尼宝珠，右手持梵箧，是三十三身中的居士身。

（27）普慈观音：头戴天冠，身披天衣，立于山岳之上，是三十三身中的大自在天身。

（28）马郎妇观音：化作马郎夫人的观音。右手持《法华经》，左手持头骸骨，女人形，是三十三身中的妇女身。

（29）合掌观音：合掌立于莲花台上，是三十三身中的婆罗门身。

（30）一如观音：坐于云中莲花座上，立左膝，是《普门品》中"云雷鼓掣电……"一句的象征。

（31）不二观音：表象与本迹不二的观音。两手重叠，乘一片莲叶，浮于水面，是三十三身中的执金刚神身。

（32）持莲观音：手持莲花的观音。乘坐于荷叶上，双手捧持一茎莲花,是三十三身中的童男童女身。

（33）洒水观音：左手持洒水器，右手执洒杖，立于地上洒水，是《普门品》中"澍甘露法雨……"一句的象征。

中国和日本民间有三十三观音、三十三体化（应）身之说，亦有六观音、七观音、八观音、二十五观音、十五尊和三十二、三十八、十六应身之说。

普济寺圆通宝殿两旁供奉三十三应身（《普门品》）：（1）佛；（2）辟支佛；（3）声闻；（4）梵王；（5）帝释；（6）自在天；（7）大自在天；（8）天大将军；（9）毗沙门；（10）小王；（11）长者；（12）居士；（13）宰官；（14）婆罗门；（15）比丘；（16）比丘尼；（17）优婆

远眺洛迦山，如一尊躺卧于大海上的观音

塞；（18）优婆夷；（19）长者妇女；（20）居士妇女；（21）宰官妇女；（22）婆罗门女；（23）童男；（24）童女；（25）天龙；（26）夜叉；（27）乾闼婆；（28）阿修罗；（29）迦楼罗；（30）紧那罗；（31）摩睺罗伽；（32）人及非人；（33）执金刚。

观音洞庵塑有二十四圆通像。

[叁]曼荼罗

曼荼罗是梵文Mandala的音译，亦译"曼陀罗"、"满拿罗"等，意译为"轮圆具足"、"坛"、"中围"、"道场"、"聚集"等。佛教采用印度古法筑土坛供佛、菩萨、诸天像，或画一圆形或方形为修法处所，通称"曼荼罗"。密乘修法时把所奉事观想的本尊形相及其

佛顶山巅的慧济禅寺

眷属、居处、境界等画在布帛或纸上，或做成立体的模型，以资供养、观想之用，亦称"曼荼罗"。瞻仰、礼赞观音曼荼罗，一心恭敬合掌，口唱名号，或观照观音种子，念诵大悲经典，即能去除一切魔障，受到观世音菩萨慈悲的摄受护持，身心融入观世音菩萨不可思议的清净坛域。

[肆]面燃、度母及南海观音

1. 面燃。

面燃也就是"焰口"的异译，是观世音菩萨为救拔饿鬼道众生而现的化身。故现在寺院中做"焰口"佛事时，前必供以"铁围山内面燃大士之位"。

法雨寺，"天华法雨"为弘一法师所题

2. 度母。

度母是梵名，全称"圣救度佛母"，亦称"至尊救度母"，梵名 Dara，故我国古代又称"多罗菩萨"，为密教所奉佛母之一，传为观音化身，有救苦救难、济度众生的功德，故名。有二十一相五本尊：圣救度佛母、白度母、黄度母、红度母、黑度母。圣救度佛母亦名"绿度母"，为五度母的本体，为天女形，身面绿色，头戴五智冠，顶有阿弥陀佛，右手施无畏印按膝，左手做胜三宝印，持乌巴拉花，左足蜷，右足展，半跏趺坐于日月轮座上。有寻声救苦解除八难的悲愿功德。余四度母为其所变现：白度母身白色，面相慈祥，表息灾功德，称"息灾金刚"；黄度母身金黄色，面相慈而有威，表增益功德，称"福慧圆满黄度母"；红度母身红色，其相艳慧可亲，忿怒威猛，表调服功德，称"伏魔羯磨黑度母"。白、黄、红、黑四度母依次位于东、南、西、北四方，分属金刚部、摩尼部、莲花部、羯磨部。

3. 南海观世音菩萨。

南海观世音菩萨由南海普陀山得名，又称"南海大士"，因常在潮音洞、梵音洞一带示现宝相，故又称"南海活观音"。

1997年新立的南海观音铜像位于海拔50余米的龙湾岗巅。重70余吨，连台基高33米。佛相细目微垂，脸若满月，左手托法轮，右手施无畏印。

建于普陀山龙湾岗巅的南海观音铜像

观音灵异传说

早期的观音灵异传说，均记载于普陀山志，最早的为元代盛熙明修编的《补陀落迦山传》，记载了『唐大中有梵僧来洞前，燔十指，指尽，亲见大士说法，授与七宝石』的灵异传说。

观音灵异传说

早期的观音灵异传说，均记载于普陀山志，最早的为元代盛熙明修编的《补陀落迦山传》，记载了"唐大中有梵僧来洞前燔十指，指尽，亲见大士说法，授与七宝石"的灵异传说。

因灵异传说较多，故本章按年代分为三部分加以介绍。

由志书记载的灵异传说，其实早于记载或与记载同时由民间流传，由于年代久远，有的就成了民间版本的观音传说，比如"慧锷与不肯去观音"、"史浩潮音洞见观音"等传说。

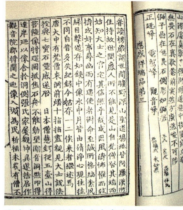

元代盛熙明所撰志书中有梵僧亲睹观音、不肯去观音等灵异传说的记载

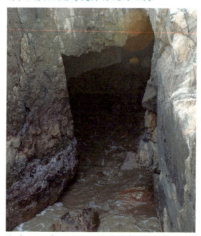

潮音洞观音示现处，南宋宰相史浩等均在此处目睹观音

[壹]唐宋时期灵异传说

唐大中元年（847年），有梵僧来潮音洞前，燔尽十指，亲见观音现大人相，与说妙法，授予七色宝石。

唐咸通四年（863年），日本僧慧锷朝五台山，至中台精舍，见观音像容貌端雅，恳求迎归本国。锷负像过古翁洲梅岑山（普陀山）时，涛怒风飞，海洋西面现出无数铁莲花挡住去路，舟人惧甚。

不肯去观音院中的日本僧人慧锷浮雕

锷夜梦一胡僧说："你但安吾此山，必令便风相送。"锷泣以梦告众，咸惊异，乃登潮音洞，结茅置像于洞侧，因呼为"不肯去观音"。

北宋乾德五年（967年），太祖遣内侍王贵赍香幡诣山进香，王贵心未虔，归时满洋铁莲花阻舟，急望山叩祷，遂有白牛浮至，食尽其花，舟始行，今其地名"石牛港"。又据旧志载，宋元丰中，倭人入贡，见本山大士灵验，欲载归本国，忽风浪大作，满洋生铁莲花，倭人惧而送还其像，花没舟行，故名"莲花洋"。

梅鼎金沙

北宋元丰二年（1079年），高丽国国王病，遣使来请救治。朝廷派内殿承旨王舜封及医者等驾"凌虚安济致远"、"灵飞顺济"二神舟往诊治。舟至宝陀山，遇风涛，有大龟负舟，危甚。众皆望山祝礼，忽见金色晃耀，大士现满月相，珠璎灿然，出自岩洞，龟没舟行。舜封以事上奏，翌年，诏改建不肯去观音院，赐额"宝陀观音寺"。

南宋绍兴十八年（1148年）三月，余姚尉史浩（鄞县人）礼潮音洞，寂无所睹，一僧指岩顶说："有窦可下瞰。"攀而窥之，忽见大士现金色身，眉目了然，双齿如玉。天将暮，有一长身僧来访，说："君将自某官，历清要，至为太师。"又说："他时做宰相，官家要用兵，切须力谏。后二十年当与公相会于越。"遂告去，送其出门，瞬息不

南宋宰相史浩在普陀山所题"真歇泉"

"磐陀石"三字为明代将军侯继高所题

见。乾道四年（1168年），浩以宰相镇越，一夕，报有道人自称养素先生，言旧与丞相熟，疾呼欲入谒。浩命请见，见其貌神清，谈吐不凡，索纸大书曰："黑头潞相，重添万里之风云；碧眼胡僧，曾共一宵之清话。"掷笔不揖而去。浩大骇，遣兵吏遍访不复见。追忆普陀灵异事，始悟长身僧及道人皆大士化身也。

南宋绍兴中，给事中黄龟年隐居昌国（舟山）马秦山，礼拜潮音洞，亲见大士现紫金身相，朗然坐石上，偕行老幼皆见之，因作赞颂。

南宋咸淳二年（1266年）三月，范太尉患目疾，遣子祷于潮音洞，汲泉归洗目，即愈。复命子来谢，大士现金身于洞左，淡烟披拂，犹隔碧纱。又往善财洞，童子忽现，大士再现，缟衣缥带，珠璎交错，精神顾盼，如将示语者。

[贰]元明时期灵异传说

元至元十三年（1276年），丞相伯颜平定江南，命部帅哈喇歹来谒洞，杳无所见，乃张弓引矢射洞中。及回舟，忽莲花满洋，大惊，急返洞悔谢，徐见白衣大士及童子绰约而过，于是构殿洞上，庄严像设。

大德五年（1301年），集贤学士张蓬山来山祝禧，至潮音洞，见大士相，仿佛在洞壁间。又至善财洞，童子忽现，顶上瑞云中复现大士，宝冠璎珞，手执杨枝及碧玻璃碗，护法大神，卫立在前。良久，如风扬碧烟，逐渐隐去，唯见祥光满洞，如紫霞映月，出现数尊小佛。蓬山惊喜，顶礼而去。

普陀山高僧一山一宁出使日本的浮雕

致和元年（1328年）四月，御史中丞曹立奉旨降香金，至洞求现。忽见大士现白衣相，璎珞披体。次及善财洞，童子螺髻素服，合掌如生。适以候潮未行，再叩再现。而善财洞，大士亦在，童子鞠躬，眉目清秀，七宝璎珞，明洁可数。群从者悉见之。

明洪武十九年（1386年），信国公汤和平定宁波后，即往普陀，欲毁其寺。忽有铁莲花涌出海面，灿然作链，金色光耀上下，鱼龙交沸，只好返棹。奏闻太祖，异之，即命官修葺殿宇。敕命到日，共见大青牛浮海，吞啮铁莲花叶，其声如雷，始能通舟。

永乐二十一年（1423年）十月十九日，潮音洞现白衣大士、龙王、龙女、长者大人相。上午七时至十一时，现开眼相，面带烦恼；十一时至下午一时现紫色身，面壁。下午五时至七时，善财岩外现白衣金冠菩萨，坐红日中。韦驮大尊卜立，罗汉海上步云而来。二十日晨五时至七时，洞内又现金色身。

万历八年（1580年），大智禅师入山，见光熙峰幽胜，欲开辟梵宫，乃祷潮音、梵音二洞，求大士指示。夜课千步沙，见潮水涌一大竹根至。智师说："此大士授我也。"于是结茅光熙峰下，题曰"海潮庵"，即今法雨禅寺。

万历十八年（1590年）十月，寺僧有相讼者，郡丞龙德孚素信佛，至寺调解，疑其不守戒律，取《法华经》抛地，令僧跨踏。夜梦神人传佛旨曰："奉道毁道，罪在不宥，罚做阴间三石牛蒿官。"孚力求忏悔，大智禅师亦助其求解脱。夜复梦曰："愿偿经乎？用百当一。"孚唯唯。返郡，亟印经百部送寺，大学士沈一贯为赋《印法华经歌》。

泰昌元年（1620年）十月，宋珏游普陀，礼潮音洞，其景色皆往昔梦中所见者。夜复梦乡人赠一玉杯，内碧外白，形不甚方圆，而古润可爱。酒干，见杯中一白猿倒挂于树，细视之，白衣大士立猿侧，眉目逼真，醒后叹为观止。

[叁]清代及民国年间灵异传说

清顺治六年，秣陵（今南京市江宁区）黄土山人刘某，生即茹素，与胞弟朝南海，发愿求见菩萨。忽见海面有二莲花，大如车轮，

普济禅寺前西侧的石牌坊，建于清康熙朝

白玉弥勒佛

龙寿禅院

一花中坐童男，一花中坐童女。旋见观音坐大莲花而来。刘礼拜起，视菩萨与莲花俱不见。顷之，风涛汹涌，舟覆，同行六人及弟皆没。刘入水时，觉满眼红光，有一僧携之同行，瞬息间，已抵家，却不见僧。入门母出，方知菩萨救援之力。

立于清康熙朝的"下马碑"

康熙二十三年（1684年），江西布客某，乘便进香，见四天王像有一尊颓圮，私念旧闻名山宝像之泥可和药，乃取少许而去。至舟，神昏头痛，见长身天神怒目叱曰："何得割我胫肉？"其人大恐，挽僧送泥还寺，立愿修像。

康熙二十八年（1689年）春，帝自禹陵回，御独木龙头小艇。一日，将至嘉兴，过某桥，忽见一老妪，头簪红花，独操小舟，直过御前。帝问："何船？"答："渔船。"帝又问："有鱼否？"妪应："有，欲买乎？"言讫，不顾而去。时黄大来尾御舟行，见帝与老妪语，惊疑之，急棹护卫。帝问何官，答："臣定海总兵黄大来。"帝即从容问舟山近况，大来得乘间奏普陀荒废事颇详。次日，召大来入，发帑金千两，建盖普陀山寺。老妪者，菩萨应现也。

雍正五年（1727年）夏，噶喇巴海面立一中国人，舟人奇之，争棹往视，唯见浮一铜钟，上镌"普陀白华庵"五字，知为康熙初荷兰人掠沉者，回浙洋艘互相争载，公议抽签，有黄彦者得签，载回之。众舟中唯以黄彦之舟小而旧敝，顺水不一日抵南澳，复转运至普陀。前立海中之中国人，大士应化也。

乾隆三年（1738年）十月二十日，法雨寺鼓楼因香灯不慎起火，风甚猛，将延及水月等楼，忽见神灵示现，风旋向外，诸楼无恙。次年，住持法泽告总镇裴铖、邑侯黄应熊设簿募建。法泽系闽人，闽之渔船数百艘，踊跃乐施。法泽亲往温州购木料。宁波道台王坦、温州总兵黄有才，以原楼系钦造，免其税。装运至山，适值风急浪高，无法起卸。法泽祷于大士，至二十六日，风恬浪静。又有二十余艘渔船泊千步沙，相助协力浮水至岸，一日起毕。遂兴工建造，崇敞如昔。

嘉庆年间，江夏某大姓夜做佛事，邻媪携幼女往视，有狰狞巨人强拉女出门而行，忽东南隅现红光，巨人惶惧，舍女奔。红光渐近，有璎珞披体者，似观世音像，对女说："吾南海大士也，可随往。"俄至一所，迥殊凡境。大士对侍者说了几句话，未几，侍者率巨人来，大士叱之，命金甲人捽之去。一日，有黄冠人叩谒，述女母奉佛，终身不茹荤。大士对女说："你母善行可嘉，当令你母女重逢。"黄冠人嘱女闭目，觉履空而行，止则到家也。见床上卧一人，与己肖，恍若有人自后推而合之。遂如梦醒。初母与女看做佛事，女忽晕绝，然胸膈尚温，不类死者，月余始苏。女备述所见，从此不茹荤。

　　光绪二十四年（1898年）春，台州黄岩县三甲地方有民船一艘，载客数十人赴普陀进香，及回，舟行数百里，忽然雾雨骤至，舟不能驶。船主问道："你们在普陀有不洁净之事否？"内有一老媪急解囊，将黄瓦一片抛入海中，云雾渐散，舟行如故。究之老媪，说："此瓦世所罕见，慕其色黄光滑，欲于夏日作枕，以纳其凉，非有意窃取也，不意佛之灵感如此。"

　　宣统二年（1910年），驻天津荷兰治港公司总理陈性良之妻，生有信心，行善焚修。是年怀孕，将及诞期，忽患重病，二十余天不进饮

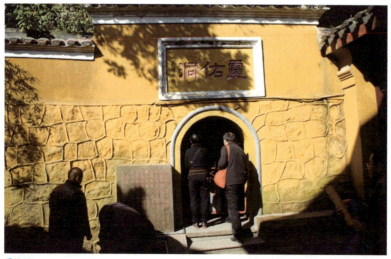

灵佑洞

食，不能言语，身瘦如柴，体热如火，名医束手，殆无生理。一夕，忽梦一老媪手持莲花数茎说："汝因宿业，膺此恶疾，幸植善根深，以故我自南海来安慰汝。"随以莲花周身拂拭说："拂汝业障，好生嘉儿。"陈妻遂觉身心清凉，爽快莫喻，因即苏醒。次日即生一子，适逢三月初三上巳喜辰。性良从此笃信佛法。民国7年（1918年），特携妻儿莅山还愿，应印光法师及普济住持了余请，捐银三万四千一百三十元，修葺多宝塔，兼建海岸牌坊及莲池四周铁栏杆。

民国5年（1916年）8月24日，孙中山游普陀山，登佛顶山，至慧济寺，忽见寺前恍若直立一伟丽牌楼，仙葩组锦，宝幡舞风，而奇僧数十窥厥状似乎来迎客者。正诧异间，又见牌楼中有一大圆轮，盘

悬崖上的"大士重现"字样

观世音现身处

旋极速，莫识其成以何质，运以何力。方思想间，忽杳然无迹。

民国15年（1926年）春，印光大师弟子汪含章朝礼普陀，自携照相机，摄一梵音洞照片。据云：正摄影时，对望石壁了无一物，至洗出照片，则上层有济公立像一尊，戴合掌帽，仿佛从洞中侧身而出。中层现出护法天王立像两尊，手执琵琶伞盖，复现笑脸袒腹弥勒坐

一诚法师所题的"佛心"

"西天渡口"石

像一尊，手持布袋。下层现出茂盛莲花，朵朵无数。该弟子指此照片踊跃欢喜，诣法雨寺，请印光法帅题词，以彰圣境之不可思议。时了然、德森两法师同在印公房内，目睹此事。印公题词，具载《文钞》，翻读可知。

民国36年（1947年）4月14日，内蒙古章嘉活佛礼普陀山，至梵音洞拈香毕，忽见洞中发出黄光，观音示现，随从人员及普陀山警察所陈所长皆目睹。

观音民间传说

观音传说从千余年前开始，一代代、一辈辈流传下来。普陀山的朝拜者、游览者，就是观音传说的传承人。

观音民间传说

[壹]风物传说

观音斗蛇王

　　古时候，普陀山上有一个蛇王，率领它的子孙盘踞在这座山上，大有"此山是我开，此树是我栽"之势，什么人也不能进入它的地盘。有一次，观世音菩萨变作一个老比丘，来向蛇王借山开道场，广度娑婆世界众生。蛇王为了自己的利益执意不肯，说："这是我修炼千年的基地，也是我子孙万代帝王之业的根据地，怎么可以随便借给你开道场、度众生呢？"菩萨见蛇王蛮不讲理，也就不客气地说道："你有什么能耐可以大胆地拒绝我不借呢？此山原本是我三千年前修行道场，后来我去访游天下名山，被你占了，如今我客气地向你借山开道场，你却蛮不讲理！"蛇王见菩萨问它有何本领占据不借，便说："我能现出原形来，围绕此山三匝。"菩萨笑道："你真能现原形绕三转的话，我就不向你借山；如果没有本领，不能绕山三匝，那时又怎么说呢？"蛇王愤然说："这是我平常绕惯了的，哪里有不能的道理。如果我真的围不到，一定把山借给你开道场！"菩萨说："一言为定，不可失信。"蛇王挺起胸脯来说："大丈夫一言既出，驷马难追。"说罢摇身一变，现出原形，原来是一条千年怪蟒，又粗又长，它慢慢地开始围山。菩萨这时也运用神通妙法把这座山慢慢地放大。蛇王围围围，菩萨放放放，结果蛇王一匝都围不了，蛇头和蛇尾都连接不上。菩萨见蛇王无能为力了，笑着对它说："现在你不能围绕三匝，还有什么话可说？此山该借与我开道场了！"蛇王无可奈何地说："今天不知倒了什么运。每次我都能围三匝，今天怎么一匝也围不上？借是可以借给你，不过你也显一点神通给我看看，才使我甘心认输！"菩萨说："那很容易，我手一指，这个地下的一块石头上马上能够生出紫竹来。"说罢用手一指，那块白石上果然生出无数紫竹。菩萨说："这就是我三千年前在山上种下的紫竹，如今已

"心"字石

遍布全山石岩中。"这就是普陀山紫竹林的由来。

（采录整理：管文祖）

二龟听法石

话说西天磐陀石附近的山坡上有两块状似海龟的石头，称"二龟听法石"。曾有人为这两只石龟写过一首诗："听说磐陀着地灵，普门曾此坐谈经。二龟何事翻成石，想是当年不解听。"

早年，普陀山上还没有僧庵寺院，观音菩萨跏趺坐在磐陀石上讲经。星光灿烂之夜，月色朦胧之时，她的声音更加优美动听，吸引了山上的飞禽走兽，海里的鱼虾蟹鳖。每当观音讲经时，它们便纷纷来到磐陀石周围，观音不走，它们不散。

二龟听法石

消息传到东海龙宫，海龙王好生奇怪。一天夜里，它悄悄来到莲花洋，果然发现许多鱼虾蟹鳖如痴似醉地抬着头，在听观音讲经。海龙王想：这观音讲的是什么经呀？竟能打动它们的心！若能把经弄到手，坐在水晶宫里念念，水族不就会更听我的话了嘛。海龙王越想越美，乐滋滋地回到水晶宫，当即召见龟丞相，要它设法将观音讲的那部经偷回来。

龟丞相伸伸脖子，拍着胸脯对海龙王说："这好办！九九八十一天以后，我一定把那部经偷来献给您！"龟丞相手下有两只海龟，记忆力极强，龟丞相叫它们每天晚上去偷听观音讲经，天亮以前回龙宫复命。

两只海龟奉命偷经。起初，它们只夹杂在鱼虾中间，探头探脑地默默记诵，后来越听越有味道，便渐渐靠近，到第八十一夜，竟偷偷地爬到磐陀石附近的山坡上，吓得飞禽走兽飞的飞，走的走，引起一阵骚动。

这时，坐在磐陀石上的观音一眼看见了这两只海龟，知道是海龙王派来偷经的，不觉微微一笑。两只海龟听得入了迷，敲四更没听到，敲五更还不动身，直到东方透红，观音离开了磐陀石，它们还在那里一动不动。这是怎么一回事？原来，观音一向主张众生平等，如今海龙王要海龟前来听讲经，心生欢喜。可两只海龟竟忘了回宫的时辰。从此，它们一只伸着脖子，一只抬着头，一直保持着这个模样，再也不能动弹了。

　　海龙王和龟丞相满怀喜悦地在水晶宫坐等，可是等呀，等呀，始终不见海龟回去，它们哪里知道，二龟早已化成石头了。

　　　　　　　　　　　　　　　　　　（采录整理：周和星）

短姑道头

　　古时候有一个老翁带着女儿和儿媳虔持数年的愿心，远道航海来山进香。舟抵普陀山的时候，正要舍舟登岸，上山进香，忽然，女儿天葵适临，因为身体不洁不能跟随父亲和嫂嫂一同上山拜佛，只能请嫂嫂在菩萨面前代为进香以了心愿。其嫂逗而笑之，小姑更觉惭愧，只得独坐舟中，静待父嫂上山进香回来。此时正值海水涨

短姑道头

潮，刚才上岸的一条路皆被淹没，无法上岸，而腹中又饥不得食。忽然看见一个老妪手持饭箪而来，屡搬小石投水中，褰裳登舟说："特为姑娘送饭来！"说罢置饭箪而去。小姑甚为奇怪，以为是父亲使此老婆婆送饭。直至下午，父嫂在山上各处礼佛而归，已经潮退路现。直至回船见面的时候，嫂子方才想起小姑还没吃午饭，因此忙问："姑娘挨饿了吗？"小姑说："已经有一个老婆婆送饭来给我吃过了。难道不是你们叫她送来的吗？"父嫂两个听了很惊奇地说：

"并没有叫人送饭呀！"小姑即将老婆婆送来的饭箪拿出来给他们看。嫂嫂这时已经悟知一定是观世音菩萨显圣，坝身老婆婆送饭来。这个虔诚远道来山进香礼佛的少女，因身体不净，惭恨自己无缘得睹佛面为憾，所以菩萨现身变化给她看，以增其信念。父嫂赶快返殿祷谢，瞻仰莲座，见大士之衣裾犹

"短姑道头"雕塑

湿。因此后人就称靠船上岸的那个地方曰"短姑道头"，意谓嫂嫂逗笑小姑于此。菩萨显圣送饭名其地以志纪念。那个地方就是现在香船来山靠岸停船的码头，菩萨显圣的那个大殿，就是现在的慈云庵，紧靠在码头旁边，上岸几步就到。

（选自《游普陀志奇》，宝华、白华编）

观音跳

观音大士在南海普陀山念经讲法、建成道场后，上西天参拜如来去了，一转眼过了九九八十一天。这一天，她离开西天，脚踩莲台，风生云涌，飘然而回。行到莲花洋上空，低头望去，但见普陀山上树叶枯黄，百花凋零。优美的南海胜境，竟成了癞头山。她一时摸不清底细，便到洛迦山先住下来。

原来，观音上西天参拜如来八十一天，凡间已经过了好几百年。这期间，从东福山云雾洞来了一条红蛇精，占据普陀山，自称蛇王。这蛇精浑身火红，眼睛像灯笼，嘴巴像稻桶，只要打个哈欠，便会将全岛弄得乌烟瘴气，他还时常出来东游西荡，残害生灵。

第二天，观音来普陀找蛇精，远远便见梵音洞里走出一个红脸大汉。观音知道他是红蛇精化身，上前施礼道："你是蛇仙吧？为何占我佛门圣地，在此糟蹋生灵？"

蛇精把眼睛一瞪，嚷道："我在这岛上已住了好几百年，怎么占你佛地呢？"观音见他脸露凶相，语气傲慢，知道一时很难把事情说清楚。她想：这蛇妖粗鲁莽撞，我何不略施小计让他心服口服呢？于是，观音心平气和地说："你原住云雾洞，如今来普陀山，独占两地，有什么用？你行个方便，让我在普陀山设寺传经吧！"蛇妖一个劲地叫道："不让，不让，这普陀、洛迦我占定了。"说罢，回身要走。观音哪里肯依，连忙拦住红蛇精说："难道洛迦也是你的？"

红蛇精说："普陀、洛迦原是一个山头嘛，你不知道吗？"

观音见红蛇精发火，故意激他："你口口声声说普陀、洛迦是你的，有何为据？"

蛇精得意地说："我的真身正好可绕岛一周。"

观音见机，进一步用话语激他："有此巨身，我却不信，你且绕来。"

观音跳

那红蛇精急于显示本领，便摇身一变，变成一条巨蛇。蛇身越伸越长，沿着山脚边，蜿蜒曲折地向普陀山周围延伸，眼看就要头尾相接。观音抬脚轻轻一蹬，把洛迦山蹬出老远老远——从此，普陀、洛迦分成了两个山头。等红蛇精将身子绕普陀山一圈，头尾相接时，观音却站在洛迦山上，对红蛇精说："普陀、洛迦既然是一个山头，你为什么只能绕普陀却未绕洛迦？可见此岛并非归你所有！"

红蛇精抬头一看，果然见洛迦已远离普陀，不服气地喊道："不算，不算，让我再绕一次！"

观音手捧金钵，道："不必再绕了，你有本领在我金钵上绕一圈，我就把普陀让给你！"

红蛇精看看金钵，轻蔑地说："这有何难！"说着，摇身一变，变成一条小红蛇，轻轻地往上一跳，盘在金钵沿口上。观音乘机用手指一拨，扑通一声，红蛇精跌进金钵里，观音用手捂住钵口，闷得红蛇精喘不过气来，连连求饶："观音饶命！观音饶命！"

观音想了想，说："好吧，放你一条生路，回云雾洞去吧！"说罢，将红蛇精倒进海里。红蛇精哀求道："云雾洞既无云雾，又很荒凉，一年四季烈日暴晒，实难栖身，求大士另指去处！"

观音顺手折一莲花，往空中一抛，变成一朵莲花云，对红蛇精说："只要你能改邪归正，让莲花云为你遮阴；如再作恶，定然不饶！"

红蛇精磕头拜谢，随莲花云回云雾洞去了。一直到今天，那朵莲花云还经常飘浮在云雾洞上空。

观音赶走了红蛇精，从洛迦山上纵身一跃，跳回普陀山，在她落脚的那块岩石上留下一只深深的脚印，人们都叫它"观音跳"。

（采录整理：管文祖）

[贰]帝王名人传说

竹禅画观音

有一年，竹禅受当家和尚派遣，到京都去取佛经。到达京都刚好五更三点，宫里鸣起景阳钟，敲响龙凤鼓，皇帝上朝，竹禅跟着文武百官一起进宫。皇帝得知普陀山观音道场派竹禅和尚来取经，十分高兴，宣旨在偏殿赐宴为竹禅接风。席间，小太监捧来一轴白绢给竹禅，说是太后老佛爷久慕普陀山盛名，特地宣旨要竹禅替她画一幅一丈二尺长的观音像。

竹禅回到住处，不敢怠慢，当即研墨作画。他展开白绢一量，呆了！为啥？那白绢总共只有一丈长，一丈二尺长的观音像怎么画法？白绢是老佛爷所赐，又不好随便调换。虽说竹禅艺名远扬，聪颖过人，这时也无法可想。

竹禅定定心，静坐在蒲团上默默祈祷："菩萨菩萨，倘若弟子画不成宝像难以复旨，岂非有损普陀山观音道场的声望。这一丈白绢画一丈二的像，请菩萨赐我灵感！"他一遍又一遍地祈祷，渐渐困倦起来。恍惚间，见观音宝相庄严出现在他的眼前，忽而一变，观音变

"潮音洞"三字为清康熙帝所题

成了渔姑模样，手里提着鱼篮，篮里盛着一条鲜蹦活跳的鲤鱼款款走来。竹禅迎上去："女施主，这条鱼卖给我吧。"渔姑说："你一个僧人，买鱼做啥？""买鱼放生。"渔姑说："既是去放生，那就送给大和尚吧。"说着，弯下腰去取竹篮里的鲤鱼。就在这一刻，渔姑凝住不动了。竹禅开始好不纳闷，说是取鱼给我，怎么弯腰不动呢？他看一阵想一阵，忽然心头一亮，猛醒过来，眼前的情景也全不见了。

"妙妙妙！"竹禅惊叹不绝，方才明白是菩萨提醒，只需把观音画成弯腰提篮的渔姑模样，一丈长的白绢就可容下一丈二的观音。他当即点上巨烛，铺开白绢挥笔作画。第二天，一幅别开生面的观音像呈现在老佛爷眼前。你看那观音，头罩白绫，腰系布围，垂首弯腰注视篮口的鲤鱼，栩栩如生。

慈禧太后看了画像，赞叹不已，亲笔题上"鱼篮观音"四字，传旨刊行天下，供寺院和百姓供奉，并赏给竹禅一领朱红袈裟，享受进宫免行大礼的待遇。

（采录整理：李世庭等）

康熙运河遇观音

康熙二十八年（1689年），皇帝南巡杭州。一日从会稽山朝大禹陵后返还，御舟经过嘉禾城一桥时，只见一老妪头插一朵红花，独自轻驾小舟，径直来到御舟前，神态自若，毫无避让之意。康熙皇帝便问："是何船？"老妪答："渔船。"康熙又问："有鱼吗？"老妪应道："有，想买吗？"说完，老妪竟头也不回，驾舟就走，恍惚间已不知去向。

当时定海总兵黄大来一直驾舟在暗中保护康熙皇帝，他看到老妪驾小舟靠近皇帝龙舟，并与皇帝相见对话，顿生疑窦，赶忙驾舟前去护卫。皇帝见有船驶近，就令人答话："来者是何地方官？"黄大来赶紧回答："臣是定海总兵黄大来。"皇帝一听是定海总兵，便令他上龙舟，询问舟山情况。黄大来乘机详细讲述了普陀山自荷兰海盗侵占山寺，劫掠金像、银钵、玉器、锦幡等法器，佛地为之败落。康熙八年（1669年），镇海寺（法雨寺）又毁于寇乱。十四年（1675年），游民失火，普陀寺焚毁，全山寺院荒废。自圣上二十三年废弛

海禁以来，扫除盗寇，澄清海宇，恢复普陀山菩萨圣地，僧众已陆续归山，正百废待兴等事。

　　晚上，康熙帝细想白天舟上遇老妪和黄大来讲述普陀山的事情，恍然省悟这奇怪的老妪定是观世音菩萨现身。于是第二天皇帝又将黄大来召来询问，决定派一等侍卫万尔达和礼部掌印郎中观音保等赍金千两重建普济寺大圆通殿。圣旨一经传出，十方信众纷纷登山，共襄盛举。从此，普陀山观音道场又得以重光，香火更加兴旺。

佛顶山孙中山见灵异

　　民国5年（1916年）8月25日，卸任总统孙中山先生乘坐"建康"舰视察象山、舟山军港，顺道到普陀山。他在佛顶山的天灯台上看见天空中出现灵异现象——"伟丽之牌楼，仙葩组锦，宝幡舞风，而奇僧数十窥厥状似乎来迎客者"。神奇的是，对于中山先生之所见，和他同游者却谁也没有看见。对此，中山先生为观音道场留下了一篇价值无比的墨宝《游普陀志奇》，该墨宝如今仍保存在普陀山文物馆内，供善男信女参观。墨宝全文如下："余因察看象山、舟山军港，顺道趣游普陀山，同行者为胡君汉民、邓君孟硕、周君佩箴、朱君卓文及浙江民政厅秘书陈君去病，所乘'建康'舰舰长则任君光宇也。抵普陀山，骄阳已斜，相率登岸。北京法源寺沙门道阶，引至普济寺小住，由寺主了余唤笋，将出行，一路灵岩怪石，疏林平沙，若

络绎迓送于道者。纡回升降者久之，已登临佛顶山天灯台。凭高放览，独迟迟徘徊。已而旋赴慧济寺，才一遥瞩，奇观现矣！则见寺前恍矗立一伟丽之牌楼，仙葩组锦，宝幡舞风，而奇僧数十窥厥状似乎来迎客者。殊讶其仪观之盛，备举之捷！转行转近益了然，见其中有一大圆轮，盘旋极速。莫识其成以何质，运以何力！方感想间，忽杳然无迹，则已过去处矣。既入慧济寺，亟询之同游者，均无所睹，遂诧以为奇不已。余脑藏中，素无神异思想，竟不知是何灵境，然当环眺乎佛顶时，俯仰间大有宇宙在乎手之慨，而空碧涛白，烟螺数点，觉生平所经，无似此清胜者。耳聪潮音，心涵海印，身境澄然如影，亦既形化而意消。焉乎！此神明之所以内通。已下佛顶山，经法雨寺，钟鼓镗鞳声中，急向梵音洞而驰。暮色沉沉，乃归至普济寺晚餐，了余、道阶精宣佛理，与之谈，令人悠然意远矣。民国五年八月二十五日孙文志。"

[叁]佛经人物传说

火烧白雀寺

相传古代有一国，国王姓妙名庄。因他杀性太重，玉帝不赐子只赐女，一连生了三个囡，大囡妙清，二囡妙音，三囡妙善。妙善出生时显得交关奇怪，天上有隆隆的天车开过，仙女在天上散花，室内异香飘飘，霞光闪闪。妙善从小聪明伶俐，琴棋书画样样精通，与佛有缘分，经常跟王后娘娘到京城的寺院烧香拜佛。可她小小年纪妙庄王就要她嫁人，她当然不愿意，后来，她做了一个梦，梦见佛祖，佛祖对她说："到桃花岛白雀寺去出家修道，可以避难。"

妙善趁妙庄王不在宫时逃了出来，到桃花岛白雀寺出家。当时，白雀寺有八百和尚和七百尼姑。这么大一个寺院，混在里面妙庄王根本不晓得。后来不知被他怎么晓得了，派将军叫她回去，她不从，妙庄王就抓她回去，她又乘机逃了出来，这样抓了三次，逃了三次。妙庄王思忖这样也不是法子，想来想去，想出一个叫她吃苦头的办法，叫白雀寺当家的去执行。王法大如天。当家的没办法，规劝她还俗回宫。妙善不愿意。当家的只好用吃苦头的办法，心想你一个公主细皮嫩肉的从来没做过啥生活，肯定吃不消的，到时候必定乖乖地回去了。

可是，想不到的是，所有的苦头统统难不倒她。扫地、烧饭、煮粥、种地，还要到山上砍柴火，白天做生活，晚上还要舂米。当家的见既然难不倒她，就让其在寺院安心修行了。过了好几年，消息传到妙庄王耳朵里，啥话呀，你们这些和尚、尼姑不但劝不走她，反使她修行的决心越发坚定了。他气得吹胡子瞪眼的：这些事情全是你们白雀寺闯下来的祸，我要火烧白雀寺，你就修不成了。妙庄王派出许多官兵到桃花岛来烧白雀寺。师父们以为是来抓妙善，将其藏在山脚下的茅篷里。妙善看见白雀寺浓烟滚滚，掐指算出这是父王来烧白雀寺，赶快跑到白雀寺，只见剩下来的一座殿亦要烧掉了。她盘坐念经，把手指咬破，想让血流出来变成雨水，浇火大火。未成。烧掉了白雀寺，这么多和尚、尼姑只好散了，大多数和尚到外地去了，小部分住在被火烧剩的殿堂里，尼姑们和妙善住到茅篷（就是后来的清修庵）去修行。

火烧了白雀寺，妙善依旧不回宫。妙庄王又派兵将妙善抓回去。人是抓来了，妙善还是不愿意还俗。妙庄王没法，只好去劝妙善。妙善讲了许许多多佛教的道理给他听。妙庄王听不进去，反而认为她大逆不道，要斩她的头。土地菩萨晓得了，马上告诉玉帝。玉帝赐紫光罩身，妙善就刀枪不入。妙庄王又要用红绫带将她绞死，想不到一只大老虎跳进法场，叼走了妙善。妙庄王以为她是被老虎吃掉了，所以蛮开心，哈哈大笑："不孝囡，这是报应！"

其实，老虎是玉帝派来救她的。后来，妙善去地狱，见地狱很苦就毁灭了地狱。她从地狱回来，见到一个俊美的后生。后生用尽花言巧语向她求婚，妙善就是不为所动。那后生不但不恼反而蛮开心，他说："你心坚呀！"原来那是释迦牟尼佛变的，是来试妙善心坚不坚。妙善见了如来佛，伏地就拜。佛祖对她说："按照你修的因缘，封你为大慈大悲救苦救难观世音菩萨。现在你还要继续到普陀山去修行，九年后才能功德圆满。"妙善就去普陀山了。

后来，妙庄王生病了，病得快死了，到处求药也医不好。听说妙善公主已修成观音菩萨，只有用她的骨头做药引才能医得好他。妙庄王派人打好大船，驶到普陀山求观音。晓得自己对不起她，他只是抱着试试看的心来的。想不到，观音满口答应，斩了一只手骨，又抽出了一只，后来人称其为"抽手观音"。妙庄王吃了药，百病消散，从此亦行善事，终于修成正果。

磐陀石牛度化十八响马

从前普陀山有个小和尚，第一次出山去化缘。临走时，师父给他出了一个难题，要他限期化三千九百六十五粒白米，多一粒不要，少一粒不可，并且每户人家只准化一粒。小和尚一口应承，拜别师父出山去了。

小和尚走呀，化呀，化呀，走呀，不知走了多少路，化了多少人家，不觉期限到了。他把化来的米数了一遍，少十粒。这可把他急煞了，猛见路边的稻谷快要成熟，便偷偷摘了十粒，剥了壳，匆匆回到普陀山。老和尚倒出米粒数起来，边数边挑出了十粒新米，怒道："十粒稻谷十滴汗，你竟敢偷摘而来，可见修行不诚心！"小和尚求师父宽恕他，老和尚说："要宽恕不难，你到稻田主人家去做十年牛，到第十年的六月十九日，寺里的钟声一响，你再来见我！"小和尚伤心地哭着，去找观音菩萨帮忙。观音为难了，说："你先去做牛吧，到时候我来帮你。"小和尚没办法，只得到那家去做牛。稻田主人有个八岁女儿，非常喜欢这头牛，整天跟着牛屁股转，还割些嫩草给牛当夜点心。那牛也十分勤快，耕田犁地，从不偷懒。

光阴似水流，转眼到了第十个年头。小姑娘长成大姑娘，出落得像朵鲜花。这年六月十八日，姑娘正在山坡上牧牛割草，有个老婆婆悄然而至，对她说道："姑娘，今天夜里有十八个响马来你家门口比武，取胜者要娶你去做压寨夫人！"姑娘一听，眼泪扑簌簌流下来。老婆婆劝道："莫哭！莫哭！我告诉你一个办法。"就对着姑娘耳语一番，然后在牛背上轻轻拍了三下，悄然离去。

当天夜里，果然来了十八个响马，在姑娘家门口比起武来。正打得不可开交的时候，突然有人叫道："姑娘骑牛跑啦！姑娘骑牛跑啦!"众响马一看,举刀直追,足足追了十八里。眼看姑娘就要被捉住了,那个老婆婆突然闪身出来,拦住十八个响马,问道:"你们知道这头牛的来历吗?"十八个响马个个莫名其妙,扑闪着三十六只眼睛。老婆婆便将小和尚偷摘十粒稻谷,变牛十年赎罪之事说了一遍,说得十八颗心七上八下地翻腾。他们想:小和尚只偷摘十粒稻谷,就要罚做十年牛。我们这些人的罪孽就更重,不知要落到何种地步!十八个响马越想越不敢想,一个个丢掉手中的快刀,挨个儿跪在老婆婆面前,异口同声地求她指一条出路。老婆婆笑了,双手合十道:"阿弥陀佛!放下屠刀,立地成佛。尔等既有改恶从善的决心,就跟这头牛到普陀山去吧!"说着,在牛背上拍了三下,头也不回地走了。

十八个壮汉告别姑娘,跟着牛上路了。走呀,走呀,天蒙蒙亮时,来到东海边上。只见茫茫大海,层层波浪,海天相接,哪有去路!那牛对着大海吼得叫人心碎,十八个壮汉也面面相觑,一筹莫展。这时,那个老婆婆又乐呵呵地走过来,说道:"牛度众生,速奔前程!"十八个壮汉听了,有的坐上牛背,有的骑在牛脖上,有的攀牢牛角,有的拉着牛尾,有的抱住牛腿。老婆婆朝牛轻轻一吹,那牛腾空而起,呼啦啦直朝普陀山方向飞去了。

不料,他们刚到达百步沙上空,寺里的钟声响了!那牛急了,猛然一抖身子,跑进寺院,见他师父去了。十八个壮汉没留神,从牛身上掉

位于西天景区的石牛

了下来，一个个跌落在百步沙上，有的半躺着，有的斜坐着，有的昂首咧嘴，有的低眉合掌，有的忍痛发愣，有的含笑张臂，千姿百态，煞是好看，连观音菩萨看了也忍俊不禁。此时他们才明白，老婆婆就是观音菩萨。从此，他们就在紫竹林住了下来，白天在紫竹林劳作，晚上到观音院念经，后来都修成正果，被观音菩萨收为十八罗汉。

可怜的那头牛，为度十八罗汉，自己却错过了回庵见师父的时辰，被关出在西天门外的磐陀石旁，变成一头石牛。

（采录整理：管文祖、周和星）

观音与八仙

有一年，上八洞神仙汉钟离、张果老、铁拐李、曹国舅、吕洞宾、韩湘子、蓝采和、何仙姑兴致勃勃地去游普陀山。八仙过海，各显神通。在波浪滚滚的大海上，只见汉钟离祖胸露肚，笑嘻嘻地盘坐在一把蒲扇上，背后站着神采飞扬的吕洞宾。张果老怀抱道情筒，铁拐李脚踩葫芦，两人打诨逗趣，有说有笑。曹国舅脚踏两块云板，东张西望。韩湘子横吹笛，骑在浪头上。蓝采和左手托花篮，注视着海面，站在荷叶上的何仙姑为他指指点点。众仙人一路行来，穿波谷，越浪峰，饱览大海风光，好不逍遥自在。

突然，一座小山似的青灰色海礁挡住了他们的去路。八仙欲从旁边绕过去，谁知这块巨礁竟会移动，八仙往右，它也向右，八仙往左，它也向左。吕洞宾不耐烦了，纵身跳到礁石上。不想这块礁石精光溜滑，稍不在意，滑了一跤，恼得吕洞宾抽出宝剑就砍。这礁石竟像海绵一般，剑砍下去一条缝，剑提起来原封不动。众仙十分惊奇，正欲搬动怪物之时，忽听得哗啦啦一声巨响，霎时间水往上蹿，恶浪飞卷。汉钟离等七仙慌忙收了宝器，跳上云端。吕洞宾慢了一步，弄得全身湿透。

八仙喘息未定，从云端低头一看，哪里是什么礁石，分明是一条大鱼！这可把八仙急坏了。吕洞宾、铁拐李、曹国舅摩拳擦掌，跃跃欲战。何仙姑说："诸位暂且息怒，对面就是普陀山，我们还是先到那里去歇歇，再从长计议吧！"汉钟离、张果老等点头赞同。于是八仙各自驾起祥云，来到风景秀丽的佛顶山。可是他们无心观赏海山景色，还在记恨那条大鱼呢！吕洞宾气呼呼地嚷道："不除此妖，誓不罢休！"曹国舅说："不出这口气，游山无味！"张果老捋着胡须，慢条斯理地说："那妖鱼刀枪不入，恐怕一时难以治服。观音大士住在这里，熟悉海情，我看还是请她帮忙吧！"吕洞宾连声反对道："不可不可！连小小的妖鱼都降伏不了，还称什么上八洞神仙？若前去求援岂不被观音大士取笑！你们不敢碰那妖鱼，待我一人去吧！"说完径自驾起祥云走了。曹国舅说声："不能让老吕吃亏！"随即跟去。众仙见此情景，也只好随后赶上。

众仙到了那个地方，只见那条妖鱼口喷水珠，尾溅浪花，耀武扬威地来回游动。吕洞宾气得嗷嗷直叫，举起宝剑，劈头就砍，谁知那妖鱼猛地将尾巴一扫，早将宝剑扫到水里去了。铁拐李和曹国舅一看，急忙拿起拐杖、云板狠命打去。那妖鱼只将背脊一拱，拐杖和云板都被弹到半空里。张果老和韩湘子用葫芦、仙笛猛击，那妖鱼喷出一股水柱，将葫芦和仙笛冲到九霄云外。汉钟离摇着蒲扇，扇起了半海浪涛，那妖鱼却在浪涛间穿来穿去，更显得快活无比。蓝采和提起花篮正欲抛下去，却被何仙姑拦住了："不可鲁莽！欲要除此妖孽，还得另想办法。"汉钟离拍了一下大肚皮，说："走，只有上潮音洞请观音大士相助了！"众仙点头赞同。吕洞宾仗着身边还有几件宝贝，仍不肯去请观音。何仙姑问他："你知道这鱼的来历吗？"吕洞宾摇摇头。何仙姑笑道："你连这妖鱼的来历都不知道，如何能战胜它呢?"吕洞宾被问得瞠目结舌,只得跟在大家后面,向潮音洞而去。

那潮音洞是观音听潮的地方,洞深百尺,奥秘无穷。八仙到了那里,耳闻潮音,如雷霆万钧,目睹浪涛,似万马奔腾,不觉心旷神怡,赞声不绝。这时,善财与龙女从洞内走了出来,上前稽首道:"八位上仙,菩萨来了!"话音刚落,见观音大士头戴璎珞,身穿素袍,腰挂碧玉环佩,左手托着净瓶,右手执着杨枝,脚踩莲台,面挂笑容,徐徐走来。

双方见过礼后,汉钟离便将途遇妖鱼,请求相助之事述说了一遍。观音含笑说:"八仙都奈何它不得,那我更是力所不及了。"吕洞宾一听,马上接过话头说:"既然如此,我们走吧!"张果老瞪了他一眼,向观音笑道:"欲除妖鱼,非大士不可,万望勿辞!"何仙姑、蓝采和也齐声恳请:"大士就辛苦一遭吧!"观音无奈,便叫善财到紫竹林采来一条细长的竹枝,然后随八仙前去除妖。一路上,吕洞宾暗暗冷笑:"一条竹枝算得什么宝贝?我倒要看看她怎样除法!"

再说那条妖鱼连胜八仙两阵,十分得意,竟将八仙的宝剑、云板、葫芦、拐杖、仙笛收集起来,在水面上玩起杂要来了。八仙陪同观音赶到时,那妖鱼正玩得起劲呢。八仙见了,个个气得面红耳赤。观音看了一眼八仙尴尬的样子,故意高声说道:"上仙不必动怒,此乃东海鳌鱼,待我收服它便是!"说罢,收起莲台,轻挥竹枝,一脚踏上鱼背。那鳌鱼猛觉得背上有万钧之力,便发疯似的狂蹿起来,搅得海上漩涡迭起，波浪接天。观音不慌不忙，左手扯住鳌鱼的背鳍，右手用竹枝拴住了鱼鳃，喝道："孽障！快还了宝器！"此时的鳌鱼已经动弹不得，只好乖乖地将宝器丢还给了八仙。

汉钟离等见观音毫不费力地收服了鳌鱼，钦佩不已。偏偏那个多事的吕洞宾还未解气，不肯罢休，提起宝剑，连砍鳌鱼数剑，竟未伤它一片鳞甲。观音微微一笑，将手中的竹枝轻轻一拉，鳌鱼懂事地点了点头，驮着观音，乘风破浪，向普陀山潮音洞飞驰而去。八仙面面相觑，再也提不起游览普陀山的兴趣，怏怏而回。

从那时起，观音便踏着鳌鱼出游四海了。

（采录整理：周和星）

观音度弥勒

弥勒成佛之前，是一大财主家的少爷。从小长得白白胖胖的，整天笑哈哈，心肠又特别好，总是把家里的财物施舍给穷人。到了弥勒长成后生时，万贯家财早被送得精光，最后连身上的衣裳也施舍掉了，只穿着一条裤子。可是他一勿悔，二勿愁，整天赤着膊，乐呵呵地腆着肚子。

观音大士得知此事后，心里很赞赏弥勒的为人。但耳听是虚，眼见为实，她要亲自去试一试这个后生，倘若传说无讹，便引度他到普陀山成佛。一天，观音扮成一个穷姑娘，找到了弥勒，求他施舍。弥勒实在为难了，身上只穿着一条裤子，他总不能当着姑娘的面脱下裤子施舍给她吧。他摸着肚子憨笑着说："大姐稍待，我到殷实人家去讨点东西来给你。"说罢转身就要走。观音微微一笑，叫住了弥勒："慢！我这里有两盆花草，你我各占一盆。要是你的那盆先开花，我就不要你的施舍；要是我这一盆先开花，你就得将自己的财物施舍给我，只是不要讨来的东西。"弥勒一听，乐得直笑，连声说"好"，其实他心里一点底都没有。

观音和弥勒走到僻静处，各自闭着眼睛坐在地上，前面都放着一盆花草。一个时辰过去了，观音微微张开眼睛一看，自己这盆连花蕾都没有，而弥勒那盆已开出花朵来。观音存心要再试一试弥勒，于是悄悄地调换了花盆，然后故作惊喜地叫了起来："我这盆已经开

弥勒像

花啦！"弥勒虽然老老实实地闭着眼睛，但观音暗换花盆之事也略有察觉，心想：人家是大姑娘，我理该让着点，何必与她计较呢！便睁开眼睛，憨笑着说："我输了，我输了！"观音见他这个模样，也笑了，说："你输了，就该施舍一点东西给我！"弥勒搔搔后脑勺，摸摸胖肚子，笑嘻嘻地说："这位大姐，你也看得出，我实在没有东西可给你了。要么，我还有这根裤带！"说罢，解下裤带给了观音，自己双手提着裤子，乐得哈哈直笑。

观音很感动，便将自己的真相和来意告诉了弥勒。弥勒一口答应，跟着观音大士来到了普陀山。观音院护法神韦驮，见观音菩萨身后跟着一个赤膊后生，双手提着裤子，乐呵呵地憨笑着，不觉眉头一皱，眼珠一弹，降魔杵一举，雄赳赳气昂昂地往大殿门口一站，对弥勒喝道："站住！"观音见弥勒被挡在大殿外，急忙向韦驮解释，韦驮这才放弥勒进去。观音看看弥勒，又看看韦驮，开口说道："弥勒笑口常开，可迎四方香客；韦驮威武长在，宜守佛殿护法。"

从此以后，弥勒、韦驮与四大金刚一起，守护在天王殿里。弥勒佛面朝大门坐着，始终是那副乐呵呵的样子。

（采录整理：邱宏方、李世庭）

[肆]善男信女传说

宝瓶滴水人间遍洒甘露

有一年，阳翟（今河南省禹州市）一带大旱，只见烈日炎炎，大地

龟裂，禾苗枯黄。一天，大慈大悲救苦救难观世音菩萨驾祥云巡游到此，看到此情此景，善心大发，要施法降甘霖下一场透雨，拯救阳翟的黎民百姓。

观世音想：东海水深，取之不尽，何不用它一用？但天高路远，用什么东西把水盛过来呢？想到这儿，观世音俯身往下一看，只见阳翟城东北角古钧台处烟雾弥漫，火光冲天，是一处窑场。听说这里出产一种宝瓷，用宝瓷盛水不就很好吗？

观音菩萨来到一个窑户门口，轻叩柴门。开门的是一个姑娘，名叫彩虹。彩虹认出是观音菩萨，跪倒就拜，请求观音菩萨快救阳翟的黎民百姓。观音菩萨说："我就是为这事来的，快起来吧，把你家的钧瓷宝瓶借给我用用。"彩虹一听，高兴极了，赶忙回屋拿出一只精美的钧瓷宝瓶，并一再说要把这个宝瓶送给观音菩萨。观世音见她心诚，就愉快地收下了。

观世音来到普陀洛迦莲花洋的上空，把宝瓶口朝下，口诵咒语，只见一股水直冲上来，钻进宝瓶口里。观世音用宝瓶吸罢水，返回到阳翟上空，把宝瓶口朝下，开始行雨。宝瓶里每往外滴出一滴水，就化作倾盆霖雨，宝瓶里不停地滴水，雨不停地下。地里的庄稼喝足了水，禾苗直挺挺地往上长，变得绿油油的。阳翟城的黎民百姓奔走相告，感谢观音菩萨降下甘霖。彩虹看得真切，观世音手持宝瓶滴水的形象深深地印在了她的脑海里。观世音看雨水已经下足，就收起宝瓶，驾着祥云到其他地方普度众生去了。

雨过天晴，彩虹姑娘心有灵犀，她照原先送给观音菩萨的那个瓶的样子，又烧制了许多瓷瓶，并取名叫"观音瓶"。她又费了九十九天的工夫，精心塑成了一尊滴水观音的塑像，烧制成钧瓷。奇怪的是，这尊观音像刚出窑，手上的宝瓶就开始滴水，一滴一滴的滴不断。人们都说："观音菩萨又显灵啦！"有了滴水观音和她手上的那个观音瓶，阳翟一带从此风调雨顺，五谷丰登，人民安居乐业，过着富裕的生活。

由于观音瓶能给人们带来好收成，所以观音瓶又叫"丰收瓶"，后世也称观音瓶为"观音尊"，器呈侈口，瓶部较短，丰肩，肩下弧线内收，至颈部以下外撇，浅圈足，瓶体纤长，线条流畅。

送子观音

慈云寺供奉了多宝观音法像后，前来礼拜进香的人络绎不绝，香火十分兴旺。可是，来进香礼拜的人却并非如菩萨所望一心向善，不少人礼拜观音都怀有私心。起初，大多是求财求福。后来，不管什么大事小事都到菩萨面前祈祷。甚至于妓院鸨儿也来烧香叩头，求菩萨保佑生意兴隆；小偷也来叩头许愿，求菩萨保佑好运；痴男怨女求菩萨保佑他们结亲成双。礼拜进香的什么人都有，把一座庄严的慈云寺搞得乌烟瘴气。

一天，一个叫胡七的小偷也来慈云寺进香。这个贼人心怀歹意，一下子就看上了多宝观音宝像。这尊观音宝像由观音现身时用作替身的那根香梨木精心雕刻而成，上面点缀了许多宝物。这贼人回去以后，就纠集同伙商议，准备行窃。这天晚上，胡七独自翻墙进入慈云寺，把多宝观音像背了出来，驮到一个僻静地方，和同伙一起动手，把宝像十八只手上的所有宝物取下均分，然后把观音宝像抛到江中，随着江水漂流。

这帮贼人把观音宝像抛入江心的时候，观世音菩萨已渡江到了金陵。她慧眼发现这帮贼人盗像分宝，好生气愤。眼看那尊多宝观音像正向金陵漂来，她心中一动，决定找一个有法缘的善人来相助。

此人姓潘名和，是金陵一个商人，以卖粮为生，开设了一家粮食行，家道小康。此人笃信佛教，乐善好施，远近都叫他"潘好人"。这潘和虽一心礼佛行善，但却有一件憾事，膝下只有一个女儿，望子心切却不如愿，便打算招赘一个乘龙快婿，做半子之靠。但因为选择过苛，高不成，低不就，一直延搁至今。观音菩萨知道此人有善根，就选择了他。

一天，潘和忽然做了一个奇怪的梦，梦见一位兜头的白衣女人向他说道："潘老儿，你明日到江口去等候。巳午之交，对江会有一个四面十八臂的多宝观音法像漂来，你好生把它打捞上来，然后送到清凉山鸡鸣寺，重新修整供养。那里有一块荷叶石，正好改作莲台。

你做好此事，功德无量，一切所求也都会得到。"

潘和回答说："小老一切遵命照办。今日有幸，小老有一事相问。小老已年过半百，膝下无子，多年盼求而不得，不知是否还有得子之望？"

白衣女子说："这个容易，我就赐你一子便了。"说完，从怀中取出一颗白围棋子给潘和。潘和想要再问话时，白衣女子已无踪影，潘和惊醒过来。

第二天，潘和早早地赶到江口等候。临近中午，果然看见有一尊木雕观音像缓缓漂来。潘和小心地把观音像打捞起来，立时送到鸡鸣寺里。他又出资将荷叶石雕成莲座，重塑金身。贼人胡七盗窃观音像背负越墙时碰坏了观音像的底部，所以，重新装的观音像不能直立，只好侧卧在莲叶之上，世人便称此尊观音为"卧莲观音"。

此时，潘和恍然大悟，知道托梦的白衣女子就是观世音菩萨，惊喜万分，就请了金陵有名的画工将梦中所见白衣女子的模样描出来。他求子心切，还让画工在菩萨怀中加上了一个小孩子，称为"白衣送子观音"，供奉在家，每日叩拜。不久，潘妻果然怀孕，生了一个白胖可爱的儿子。潘和供奉白衣送子观音得子的事传开后，江南一带无子的人家纷纷效法，往往都向白衣观音祈祷，拜求送子观音送子，后来竟成了这一地区的风俗。其实，潘和梦见观音，观音送他的只是一颗围棋子，手中并没有抱孩子，这抱孩子的法像完全是潘和自己的创意。

　　再说胡七和几个同伙密谋盗得多宝观音像上的宝物后，分成两伙向三个方向逃窜。胡七独自逃到南京，在紫金山上藏了一阵，看看追缉风声不紧了，就扮作一个地主的模样来到城中准备变卖宝物。他找到一家珠宝店，对店老板说他家有祖传珠宝要卖。这店老板和胡七一样也是刁钻之辈，虽然明知是珍贵珠宝，却说胡七所拿珠宝都是假的。然后又大杀价，说是现在生意难做，只能低价收购。胡七一看店老板趾高气扬、盛气凌人的样子，心里窝着一把火。胡七本是恶徒，只因自己是盗贼，逃窜在外，生怕惊动官兵才忍气吞声没有发作。他估计自己所拿珠宝至少可以卖一千两银子，但店老板只给二百两。他再也忍受不了，就夺过珠宝说不卖了，忿忿然转身就走。他火气大，猛然转身往前走，也不看人，没想到撞倒了一个刚进店的妇人，把那妇人撞得重重地摔倒在地。这妇人是当地官员的小妾，前来买些合心意的珠宝首饰，陪她的是一个侍卫。侍卫一看女主人被撞倒在地上哇哇叫，连忙向前揪住胡七。胡七一看是官府的人，吓得转身就跑，但侍卫猛拽住他的衣衫不放。胡七逃命要紧，一急，拔出刀来就向侍卫猛刺。侍卫本是武家，一身功夫，常抓盗贼，眼疾手快，见胡七来刺，一闪身避过，飞起一脚踢到胡七手腕，一下正着，当的一声踢掉了胡七的刀。胡七哪敢再打，一个滚爬蹿到门口，迈开步仓皇向街上飞跑。侍卫一面紧追一面大叫，引来街上巡逻的几个官兵，跟在胡七身后穷追不舍。胡七慌不择路来到了江岸，一看追兵已近，周围又没有退路，情急之中就往江中跳。这贼人并不会水，只见他在水中挣扎了一阵，很快就被一个浪头卷走，落在一个漩涡中不见了踪影。

另外一伙人也和胡七下场差不多。这伙人逃到了一个破庙里。夜深时，突然电闪雷鸣，狂风大作，暴雨倾盆而下，这伙贼人吓得蜷缩在墙角，跪在地上叩头求饶。但是暴风雨依然不停，寺中雨水倾盆，冲得贼人们无处安身。忽然，一道闪电过后，在电光映照下，贼人们看到几个怒目圆睁的金刚罗汉手持兵器劈头盖脑向他们打来。贼人们吓得魂飞魄散，屁滚尿流，拼命往外逃窜。就在这时，一声巨雷震天动地，一道闪电劈向几个贼人，贼人们全被劈倒在地，所窃宝物满地散落。

次日天晴，附近百姓路过破庙，看到地上倒着几具尸体，又看到地上散落着许多珠宝。有些在慈云寺见过多宝观音像的善男信女一眼便认了出来，他们立即将宝物送了回去。此事过后，这里的百姓都感受到了多宝观音的巨大威力。人们更加虔诚信佛，一心向善，偷鸡摸狗之徒也由此改过自新。

附: 观音民间传说的主要名录

| 帝王名人传说 | 潮音和尚服康熙；董其昌、陈继儒墨宝重现记；潮音让贤；粪翁送诗画；海盗劫经沉舟记；化闻告状；康有为题字；蓝大人吃素；立山捉鬼；龙德孚毁经偿经；普周退贼；乾隆吃闭门羹；孙中山先生巧遇奇景；孙中山《游记》失而复得；太虚闭关锡麟堂开悟；无凡借头；俞大猷巧设观音阵；赵孟頫撒米书"瀛洲"；竹禅避难；高士奇笔录感应事；哈喇谢罪建佛阁；蒋介石望洋兴叹；丁鹤年落魄海山；葛仙翁凿井炼丹；侯继高佛国三留书；建文帝缁衣朝洛迦；九世班禅礼普陀；鲁王避难普陀山；苏太监海山落发；吴迈题刻观音洞；吴钟峦文庙焚身；性海围塘；徐霞客游普陀山；张邦基首游普陀山；赵彦卫畅游洛迦山；高鹤年二访印光法师；康熙敕建普陀山；明代群儒会赋鹦鉴池；屠长卿驻足佛门；张肯堂筑墓普陀山；观音献蛤蜊；史丞相不识观音；昌国监潮音洞见善财；范大尉圣水明目；张学士目睹圣相；曹立降香求应现；洪武朝漕使见观音；宋珏游普陀山；康熙御舟遇老妪；张汉儒虔祷见圣迹；丁兆僖见观音；陈性良得子修塔；佛顶山水瓢观音；章嘉活佛见观音；缪燧题书《舍身戒》；安期生七上补陀礼大士；观音提篮会蓝理；梅福遇观音；南海礼佛得藏经；乾隆帝三游普陀山；舍身不成自度出家；弘一礼谒印光；一山一宁国师；真表三上普陀山；大川普济撰《五灯会元》；多宝塔建造者孚中禅师；法雨寺开山大智禅师；明智募建天后阁；慧济寺创始人能积大师；性彻《补陀山观音偈》；普陀山禅宗初祖真歇清了；普陀山历代赐紫"国师"知几何；普陀山中兴潮音和尚；仁光肉身不坏成古佛；宋代曹洞宗二祖师相会佛国；太虚、昱山两大师佛国酬诗；太虚法师普陀山闭关开悟；绎堂和尚五次进京陛见；中峰明本《观音菩萨补陀岩示现偈》；韩国海上王张保皋与新罗礁；崇宁使者遇奇境；王舜封出使高丽有感；遣明使舟泊莲花洋。 |

风物传说	观音跨海选道场；八角亭；短姑道头；不肯去观音院；多宝塔；二龟听法石；飞沙岙；古佛洞；观音跳；海天佛国石；几宝岭和悦岭庵；锦屏山；梅福庵和炼丹洞；前寺活大殿、后寺活旗杆；天灯台；仙人井；"心"字石；舟山的来历；莲花洋的故事；新罗礁的传说；什么叫"入三摩地"；西天石牛传说；紫竹石之来历；横街明碑镇龙沙；普陀山抗倭刻石；罗汉供应千僧斋；五部龙藏镇普陀；宁波桃花渡关帝庙普陀山下院轶事；七千斤大钟草绳系；明代钦差大臣禁建普陀山掉官；海上漂来铜佛像；梵音洞里看来生；南海观音灵现记；九龙殿木龙显灵；千步沙海潮音；神钟；石狮子偷饭；五百罗汉闹普陀山；杨枝观音碑；珠宝观音不肯去；普陀山与《西游记》；千步沙潮音为何永不绝；普陀山高丽道头轶事。
佛经人物传说	鳌头观音；八仙请观音；伽蓝观音；观音编草鞋；观音度弥勒；赤脚观音；观音收红蛇；观音收金刚；观音收善财；龙女拜观音；牛皮十八罗汉；普陀山观音摘云；千手观音；如来听潮音；三面观音；送子观音；韦驮普陀山送礼；鱼篮观音；造桥降罗汉；潮音洞上二隐士；不肯去观音失指复得；鳌鱼驮经书。
善男信女传说	来意不诚退回原处；施氏两度遇道姑；老幼免遭沉溺之灾；童子舍身观音接引；张老汉梵音洞见观音；勿逆佛意；法雨铁观音；拜观音路遇道人；睹牛形回心向善；反穿衣的观音老母；观音灵异二次中奖；观音治愈千年疮疤；姐妹双双见观音；王富翁见观音改邪归正；傅郎中见观音建庙；梵音洞中见台湾；观音显灵救人一命；观音留鞋；小姐施衣罗汉乞服。

历代观音传说诗歌

普陀山观音道场的诗歌，虽然与观音灵异传说和民间传说相比显得较为高雅，是具有相当修养的文化人所为。但是，创作这些诗歌的基础是观音文化，包括观音传说。正是潮音洞、梵音观音显现的传说，以及遍及整座普陀山的观音文化和观音传说，触发了诗人们的灵感，在他们的诗句中，观音传说若隐若现。

历代观音传说诗歌

　　普陀山观音道场的诗歌，虽然与观音灵异传说和民间传说相比显得较为高雅，是具有相当修养的文化人所为。但是，创作这些诗歌的基础是观音文化，包括观音传说。正是潮音洞、梵音洞观音显现的传说，以及遍及整座普陀山的观音文化和观音传说，触发了诗人们的灵感，在他们的诗句中，观音传说若隐若现。

[壹]文人诗歌

　　所选文人之诗，北宋王安石是否到过普陀山，尚未定论；黄庭坚应该没到过普陀山；张信为舟山唯一一位状元；连横为台湾学者、连战之祖父，应该没到过普陀山；潘天寿是当代著名画家。

洛伽题咏　　宋·王安石

　　山势欲坠海，禅官向此开。鱼龙腥不到，日月影先来。

　　树色秋擎出，钟声浪答回。何期乘吏役，暂此拂尘埃。

江南李后主梦观音像赞　　宋·黄庭坚

补陀寺中大慈圣，沧浪石上观生死。南洲廖圣师子王，感梦白衣施无畏。

梦回洒笔具光相，照镜还与我面同。当时若会照镜句，放下江南作闲客。

海 山　宋·陆游

补落迦山访旧游，庵摩勒果临中州。秋涛无际明人眼，更作津亭半日留。

游补陀　元·赵孟頫

缥缈云飞海上山，挂帆三日上潺湲。两宫福德齐千佛，一道恩光照百蛮。
涧草岩花多瑞气，石林水府隔尘寰。鲰生小技真荣遇，何幸凡身到此间。

海岸孤绝处

夕泛海东寻梅岑山观音洞，遂登盘陀石望日出处

元·吴莱

茫茫瀛海间，海岸此孤绝。飞泉乱垂缨，险峒森削铁。

天香固遥闻，梵相俄一瞥。鱼龙互围绕，山鬼惊变灭。

舟航来旅游，钟磬聚禅悦。笑捻小白华，秋潮落如雪。

游补陀二首　　元·盛熙明

飘渺蓬莱未足夸，海峰孤绝更无加。入门已到三摩地，携手同游千步沙。

碧玉镜开金菡萏，珊瑚树宿白频迦。殷勤童子能招隐，共采芝英和紫霞。

惊起东华尘土梦，沧州到处即为家。山人自种三株树，天使长乘八月槎。

梅福留丹赤似橘，安期送枣大于瓜。金仙对面无言说，春满幽岩小白花。

千步金沙　　明·屠隆

黄如金屑软如苔，曾步空王宝筏来。九品池中铺作地，只疑赤脚踏莲台。

洛迦灯火　　明·屠隆

荧荧一点照迷津，光夺须弥日月轮。万劫灵明应不灭，五灯传后与何人？

游补陀　　明·张信

浮生同一梦，感慨怜我情。文章只覆缶，铅椠总顽形。

拂兹蘅窦下，凌彼天之层。和风洒云龙，清樾培佳程。

眷言游仙侣，趣趾成蓬瀛。

潮音洞　　明·汤显祖

洞里潮音一泡多，如雷如焰隐波罗。莲花侧覆寻常说，今日将身在普陀。

明代著名书画家董其昌在普陀山所书"入三摩地"

礼补陀大士八韵　　明·傅光宅

翠壁千重尽，沧溟万里开。龙宫吞日月，蜃气拥楼台。

五岳谁飞锡，三生此度杯。地疑人境外，身似梵天回。

紫竹藏鹦鹉，青莲见善财。海神听法至，天女献花来。

慧眼观世界，潮声震九垓。皈依持半偈，甘露洒尘埃。

梵音洞　　清·朱绪曾

梵音朝夕答潮音，二谛参来止一心。若把鸟巢平等看，天渊原不判高深。

和性统僧韵　　清·沈起潜

丈六巍巍瞥面存，慈云显圣沐深恩。自从亲见金身后，朝暮焚香诵普门。

观音跳山　　清·祝德风

光明顷刻照乾坤，手眼千手不惮烦。今日偶从高处眺，杨枝一滴尽沾恩。

佛顶观海　　清·厉志

群峰欲东尽，杰阁自孤尊。俯瞰沧波涌，中当白日翻。

平生信漂泊，此水见根源。回首大千界，芸芸徒尔繁。

明代总兵张可大所题"震旦第一佛国"

游普陀题　　清—民国·康有为

观音过此不肯去，海上神山涌普陀。楼阁高低二百寺，鱼龙轰卷万千波。

云和岛屿青未了，梵杂风潮音更多。第一人间清净土，欲寻真歇竟如何。

送志圆法师归南海　　清—民国·连横

化雨长沾紫竹林，谈禅不觉夜钟声。一帆明月催归意，百首梅花写素心。

（法师临别，留示画梅百咏）

尘劫未销惟有法，海天无际且孤吟。他年鼓棹瀛洲过，共倚潮头听梵音。

（余有参普陀之约）

夜宿法雨寺　　当代·潘天寿

院古炉烟嫩，鱼红壁影深。谈玄潮有声，观海佛无心。

细雨长廊夜，空山清磬音。灯华人不寐，待听毒龙吟。

[贰]僧侣诗歌

真歇为普陀山禅宗开山之祖；普济为《五灯会元》作者；一山为元代出使日本之僧官，后为日本国师；德清、真可均为明代高僧；性统、通旭为清康熙朝修复观音道场之高僧。

访黄给事承往宝陀礼普门大士留偈　　宋·释正觉

泛舟谁畏海门津，丈室来寻彼上人。尘语欲求青眼旧，友心未爽白头新。

黄家羊卧藩篱晚，梅氏仙游岛屿春。糊饼馒头看手段，观音妙智在尘尘。

自赞　　宋·释真歇

信口胡说，七差八错。万劫千生，不妨快活。

情愿生死，轮回肯求，诸圣解说。

谁言遍界没遮拦，雨过青山云一抹。

观音大士　　宋·释普济

空如来藏，立大圆境。水落石出，月明云净。瞻之仰之，群机普应。

观音大士三首　　元·一山

立大圆境，空如来藏。动静相不生，音闻性俱净，断崖流水低头听。

海上踏莲舟，俯视水中月。一滴杨枝雨，清凉遍尘刹，莫是普门境么。

补陀寺上人，现身三十二。同我涉东溟，不离三摩地。

僧侣所绘弘一法师像

普陀观音大士赞　　明·释德清

我闻大士，不思而遍。应微尘国，广行方便。众生即心，心即众生。

故有求者，声叫声应。水涨船高，泥多佛大。苦剧悲深，应接不暇。

踞补陀寺，住生死海。虚空纵销，此心不改。居补陀寺，观寂灭海。

普震潮音，名观自在。出广长舌，十方周遍。故有求者，应念即现。

众生具足，何劳往救。水澄月现，不前不后。

少宗、天恩二开士礼补陀还燕　　明·释真可

智海洋洋无有边，智山独立难穷顶。昭然不离日用中，自是终生甘酪酊。

菩萨自在无不可，贪嗔热恼皆三昧。海山现此微妙容，鱼鳖鼋鼍弥爱敬。

绣观音像赞　　清·释性统

用手把针，以针引线。谁为为此，绣成背面。

紫竹林中，潮音岸畔。呼彼善财，鹦鹉随现。

手中童子送将来，珍重老婆心一片。

说戒颂　　清·释通旭

日日香花夜夜灯，春山泼黛雨还晴。

戒珠朗润人人得，便是观音今日生。

[叁]武将诗歌

把武将之诗歌单列，是因为普陀山及舟山的特殊地域及政区。

明代，洪武朝二十年起，由于抗倭，设在舟山群岛的昌国县撤销，只设军事组织卫所。清康熙朝舟山设定海县，由于定海总兵官官阶与实际权力远远大于定海县令，因而在普陀山观音道场的兴衰方面也起了决定性的作用。以侯继高、蓝理为代表的武将，很有文韬，侯继高除题字于巨岩，还修编了普陀山志。定海实际到职的第一任

明代将军侯继高所题"海天佛国"

总兵官黄大来甚至在康熙皇帝面前陈说观音道场的衰败景象,促使朝廷拨款对普陀山进行修复。

善财龙女洞　　明·梅魁（参将）

雪肤苍貌紫霞裾，几驾苍虬下碧虚。踪迹尚留青海上，佩环遥向玉楼居。

云封洞口尘氛绝，潮涨沙头月影孤。欲就此中求至理，本来妙相一明珠。

宝陀寺赐藏经颂　　明·侯继高（参将）

粤惟圣道，如日丽天。万有毕照，诞被八埏。亦有释教，如月破暗。

接引未来，超登彼岸。於皇圣母，毓成帝德。治化丕覃，亿兆宁一。

载宏大愿，永拔沉沦。外息诸缘，内净六根。嘉与众生，永臻觉路。

皈依十方，如寐得悟。诸佛妙义，如恒河沙。示权显实，会演三车。

微尘国土，遍蒙佛力。一一国土，皆圣母德。微尘世劫，流布施经。

一一世劫，皆圣母龄。乃惟本愿，为民祈福。天子惠民，施泽添漉。

匪民是庇，国祚茂延。助我圣道，日月并悬。是藏流行，无界无尽。

施有功德，亦莫究竟。

再守兹土重登普陀　　明·刘炳文（参将）

浪游两度谒山灵，风景依然一望平。古寺潮音听落月，深林竹色隐疏星。

泥封彩绚丹砂鼎，蜃气香浮大士经。说法夜阑人未倦，可知东海绝长鲸。

题补陀三首　　明·张可大（都督）

海云面面护禅宫，屹立中流砥柱雄。巨石有灵疑说法，长林无碍只闻钟。
寒潮作梵连松韵，明月焚香透竹丛。白鹤下来秋色静，支公玄度此心同。

精庐仿佛类天宫，紫竹青莲蜃市中。客以乘槎游汗漫，僧从卓锡住虚空。
盘云怪石疑将坠，喷雪潮音势自雄。水月任教观自在，松窗半偈释尘笼。

万里涛声绕翠微，松门萝幌到人稀。鼋鼍隐现珠林寂，龙象径行佛日辉。
紫竹已同群木秀，白鸥犹带晚潮飞。梅仙倘寄长生乐，欲向沧浪问息机。

月夜登普陀山二首　　明·张煌言（兵部尚书）

孤情深一往，初夜扪云峰。古色空山树，玄音暮海钟。
衣痕盛月淡，香迹踏花重。渐觉浮生冗，何劳来去踪。

海岸真孤绝，青青三两峰。月圆清梵塔，潮上翠微钟。
鹤梦来何处，龙吟隔几重。迎门有灯火，僧话旧时踪。

登菩萨顶　　明·张煌言

绝磴凌云嵌佛龛，扪天拄笏恣豪探。苍茫远水横空碧，历乱群峰倒蔚蓝。

云扶石

双屐俄从银漠落，一拳几与石梁参。如来肉髻应非幻，最上何须驾鹤骖。

庚寅腊月征海之役过普陀祝圣，适珂月和尚出吴门迎

请龙藏怀旧留赠　　清·马三奇

历尽青螺海上山，颠风怒浪未曾闲。只知舟与江南远，不信人从浙水返。

灵鹫昔曾瞻大士，遥天今复叩禅关。一杯谁料云光渡，旧雨新晴付白鹇。

登南天门题"山海大观"于石上有赋

清·蓝理（总兵）

东西门既列，午阙可无开？海不扬波地，山偏尽日雷。

钟鸣刁斗静，帆动象龟来。何必燕然石，始称汉将才。

于光绪八年秋奉命巡视南洋抵普陀洛迦山
宿法雨寺别立山方丈四首

清·彭玉麟（兵部尚书）

洛迦山涌翠屏开，八月槎乘奉使来。只许云龙腾岛屿，不容雾蜃幻楼台。

海天佛国多灵境，瑞霭祥烟绕上陔。一瓣心香瞻洞口，潮音妙相示神胎。

方壶莲峤缥虚悬，紫竹林深佛顶圆。晓日红云蒸碧海，清秋白露湛青天。

九重德泽涵容大，万派朝宗子细宣。柔达八蛮占利涉，鲸鲵波靖应安然。

海上琳宫驾六鳌，插空青嶂出洪涛。藤萝缠碎千年石，鲸鲵眠寒万古潮。

尘世软红飞不到，舟山晓翠望来遥。蚌珠光射秋宵月，两寺钟声彻碧霄。

频伽鸟唤入云房，丈六金容仰上方。得到琅嬛真佛地，不须蓬岛觅仙乡。

白华秋荡天风碧，紫竹宵笼海月黄。我欲多携甘露水，大千世界洒清凉。

天门清梵　　　清·施世骠（参将）

口忏声闻不二门，风幡无定佛无言。六时钟磬清如水，可有儿孙解报恩。

清康熙朝定海总兵官蓝理所题"山海大观"　梅鼎金沙

建于民国的海岸牌坊

佛顶山寺留题　　民国·丁治磐

征途愁转旗，栈桥实处处。历险不自知，惊心在指顾。

今来普陀山，海天绝尘路。潮音本大观，达士之所悟。

洗心我即佛，佛于我何助。滔滔者众生，要以善为渡。

波涌门鲸鲵，攀岩迓云雾。眼前金刚身，心上菩提树。

回首疾风波，识得清贞趣。极苦乃极乐，我亦不肯去。

观音道场的三大香会

传说中的观音出生日夏历二月十九、出家日六月十九、得道日九月十九，成了观音道场的三大香会期。当月初十左右，信徒纷纷上山，直至法会后十天，各类佛事活动持续不断，十八、十九日达到高潮。

观音道场的三大香会

　　传说中的观音出生日夏历二月十九、出家日六月十九、得道日九月十九，成了观音道场的三大香会期。当月初十左右，信徒纷纷上山，直至法会后十天，各类佛事活动持续不断，十八、十九日达到高潮。十八日，三大寺例行庄重祝圣普佛，上千僧众和信徒参加。晚上数千人在圆通殿内外坐香齐诵大慈大悲观世音名号。翌晨，三步一拜上佛顶山。中午各寺庵上大供，住持带班顶礼祝福，设斋供众。晚

普济禅寺圆通宝殿前的香客

上举行随课普佛，僧众信徒分别齐声诵念顶礼诸佛名号拜忏仪式，庄严肃穆。普门、地藏、普贤、文殊诸殿皆诵拜各类忏仪，灯烛辉煌，通宵达旦。近年各香会期间，信徒及旅游观光者常达三四万人，最多的近五万人。

[壹]观音出生日夏历二月十九香会

相传周朝末年，兴林国妙庄王正宫王后宝德因梦旭日入怀而觉怀孕，后于夏历二月十九生下三公主妙善。

朝野臣民闻知国王添了一位公主，大家都欢欣鼓舞，举行庆祝大典。妙庄王就在宫中大宴群臣三日。在这三天里，兴林国到处悬灯结彩，演剧开筵，喜气冲天，欢声雷动。欢宴的第三天，妙庄王命

进香朝拜雕塑

宫女将妙善公主抱到殿上，与群臣相见。不料这位小公主在宫中倒也无事，一到殿上，闻了群臣酒醴肉炙的气味，竟放声大哭起来，再也休想住口，连乳也不要吃。闹得乳娘慌了手脚，群臣停了杯箸，妙庄王见了大为不快。正在此时，忽见黄门官上殿，奏道："朝门外有一位龙钟老叟，说是有物献与公主，求见我王。"妙庄王便命宣到殿上，只见那老叟仙风道骨，品貌异常，便问道："老人家，你姓甚名谁，何方人氏？今天到此何事？快快从实说来！"老叟道："我王，且休问老拙姓名来历，先把我今天来此的原因讲与我王知晓。老拙闻说我王新添了一位公主，大宴群臣，故而特地赶来，一则替我王道贺，二来要将这位公主的来历告知我王。须知这位公主是慈航降生，来救世间万劫。我王不要小看了这位公主，她要将现在人王的国家，将来化作佛王的国家哩！"

妙庄王听了这一番话，忍不住哈哈大笑道："你偌大年纪倒会胡说扯谎！那慈航大士不在西方极乐世界享受清福，偏愿重坠尘劫，托生到这里来做个凡夫俗子，这岂是情理以内的事？还说什么人王国、佛王国，全是你这个老头儿信口胡言，倒来哄骗孤家！"老叟道："我王有所不知，慈航大士因为看世人尘劫深重，苦厄难消，故发下寻声救苦的宏愿，今番投胎入世，岂是偶然。老拙何人，敢在我王面前扯谎？此事委实是真。"妙庄王道："就算你的话有来历，纵使慈航大士发愿入世救劫，也该化作男身，不会投生一个女儿。这也是出于常情之外，我始终不信。"老叟闻后，言道："此中因缘，岂能一一向我王说明。不信，尽管由你不信；但到将来，终有分晓的一天。如今老拙也不必分辩。"

说话之间，那位抱在乳娘怀中的妙善公主，哭得越发厉害了。妙庄王听了哭声，不觉心头一动，接着问道："如此说来，你既知道此儿宿世之因，想来是个有道之人。如今小公主如此狂啼大哭，究竟为了些什么？你可知道不知道？"老叟打个哈哈道："知道知道，一切前因后果，无不知道。公主的哭，这就叫作'大悲'。公主因为今天见我王为了她诞生大开筵席，不知残杀了多少牛羊鸡豕、虾蟹禽鱼，伤了许多生命，供大家口腹之惠，增自己无穷之孽，因此大大不忍，故而啼哭不已。况且大悲的主旨，不仅限于人类，凡是有生机之物，一概包括在内，就是一草一木，也是一般。"妙庄王道："既如此，你老人家可有什么方法使这小公主止住哭？"老叟连声说："有，有，有！待老拙念一偈给她听，听了自然会不哭。"说时，便走到妙善公主身旁，用手抚摩她顶门，喃喃地念道："莫要哭，莫要哭。莫要哭昏了神，闭塞了聪明；莫要忘了你大慈的宏愿、入世的婆心。须识有三千浩劫须由你去度，三千善事须待你去行。莫要哭，听梵音！"

说也奇怪，老叟这一念，那妙善公主果真像懂得的一般，侧着耳听，睁着眼睛看看老叟，已理会了他的意思，立刻就止了哭，两只小眼睛盯住了老叟，把妙庄王与全殿群臣都惊疑得面面相觑，啧啧

称奇。这当儿，又听那老叟说道："如今小公主哭是止了，老拙也不能在此久留，就此告辞了。"说罢，向妙庄王打了一躬，两袖一挥，轻风起处，径自扬长而去。妙庄王到此方知他是个有道高人，忙吩咐值殿侍卫快去追赶。侍卫分东南西北四路出发追寻，可是寻遍了六街三市，终没有老叟的影子。

妙庄王聆奏，向群臣道："分明看那老叟走的，刹那之间就命侍卫去追，如何就会不见？难道那老叟竟会插翅而去不成？"群臣个个诧异。左相阿那罗奏道："依老臣愚见，这老叟绝非等闲之辈。只听他刚才一番言语和来去的行动，就可以知其大概。他既不肯少留，寻访也终没用，不如任他去吧。我看这个老叟，也许是佛祖现身点化。"妙庄王听了阿那罗所奏，又将方才之事仔细思忖了一番，将信将疑，说道："果如贤卿所言，难得佛祖降临，十分有幸。只可惜当面错过，不曾求到一点指示，算来都是孤家德薄所致。"阿那罗丞相又不免劝慰妙庄王一番。君臣畅饮一场，方才欢然而散。

[贰]观音出家日夏历六月十九香会

长大后的妙善公主决心出家，父亲妙庄王亲自为女儿剃度。这天为夏历六月十九。

从此以后，妙善公主改称妙善大师，安心住在金光明寺中虔诚修行，贴身又有保姆和永莲二人做伴，服侍的人又都是旧时宫女，故她视这金光明寺为西方乐土。但那一班常住的僧尼，虽会诵经念

普济寺圆通宝殿被称为"活大殿"

佛，对于佛家的奥旨却没多大了悟。因此，妙善大师便在课诵参禅之外，每逢余暇就和他们讲经说法，随时指点。又定每三、六、九日为演讲之期，合寺众人齐集讲堂，听宣佛旨。就是左近的在家人有心向佛，愿意来听讲经的，不加拒绝，还备了斋点，供这些听经人果腹。如此一来，到了三、六、九的讲期，就有许多贫民来此听经，信佛的人逐渐增加。每逢讲期仿佛市集一般，耶摩山下十分热闹。

光阴易过，转瞬之间已是隆冬天气，北风怒号，砭人肌骨。那一班贫民身上没有棉衣，经不起寒冷，只得躲在家里，不敢出门一步。因此，听讲的人一期少似一期。妙善大师得知其故，不觉心生恻隐，便命人进城去买了许多布匹棉絮，亲自剪裁成大小不等的袄裤数百

件，分交给寺内僧尼日夜缝纫。又命安下大锅，每逢讲期，预先煮上几斗米的热粥，待大家饱餐一顿，再上讲堂。凡是没有棉衣的人，就将袄裤分给他们。大家既有了棉衣御寒，在风中走冷了又有热粥可吃，再也不愁什么，于是听经的人又多了起来。这一来，一班赤贫如洗、毫无依靠的人，竟不远数百里赶到耶摩山来，投身于金光明寺。妙善大师一视同仁，凡是出家的僧尼来投，一概收留在寺中。至于在家人从远处来投的，其间男女老幼都有，寺内不便收留，妙善大师又每人发给竹木柴草等材料，叫他们自去山麓择地，搭盖茅屋居住。又每人各给本钱，叫他们去自谋生计。不消几时，凄凉冷落的耶摩山麓，经妙善大师一番济贫救苦，已成一个市镇。

有一天，永莲告禀妙善大师道："我昨日夜间在禅房打坐，似梦非梦，好像神魂出舍一般，一路上飘飘荡荡，向东方而去。不知有几千百里，才见有许多百姓聚集海滨，困苦流离，一个个面带菜色，我便向他们询问：'为何如此困苦？'他们争着说：'我们这一群人四方万国之国，都有在里面。只因中原战祸连年，闹得男不得耕，女不能织，不但无衣食，还有刀兵祸，不得已逃亡到此。虽然受着困苦，却免了杀身祸，比在故土之时，已有天渊之别。'我看他们拿树皮草根充饥，败絮落叶蔽体，和我们耶摩山的百姓两相比较，真有天堂、地狱之别。只可怜那边没有一位慈悲的大师救援他们的苦厄，又不能将那班困苦百姓搬移到耶摩山下，同沐我佛的恩光。但在临别之时，曾告诉他们：'若要寻觅乐土，除非到西方兴林国耶摩山下金光明寺，受佛庇荫，才会免掉你们的磨难。'我说过了这几句话，正待寻旧路西归，不料一阵狂风过处，飞沙走石，那一班困苦的百姓忽然一个个变作虎狼向我扑来。我正着急，却有人喊着：'永莲，永莲，你走魔了！'我听了这话，心神才定，睁眼看时，乃是保姆奶奶在旁呼唤。这不知是何景象？只望大师慈悲见告。"

妙善大师闻言，合十当胸，道："永莲，看不出你功行如此迅速，已居然能入定了。这入定一事，就是坐禅的功行到家，神魂出舍，离开了自己的躯壳，遍游十方世界，大可以观看尘世的烦恼，上可以见到佛国的清净，无往不可。你能够入定，自是可喜。但入定须志心澄念，一念不生；六贼齐来，会扰得你不能出定。因坐禅而成为疯疾病废的，就只为此缘故。你在定中见到了种种情形，觉得可悯，便发慈悲心，指示他们出路，这原是善念。只不合指点他们到这里，因此不免存了自私之心，只此一念，故就招了外魔，发现了后来许多可怖景象，好险啊！若不是保姆看见你走魔，一时还不得出定。永莲，你往后须要小心在意，不可胡思乱想。须知这是入道的紧要关头，失之毫厘，就要谬以千里。"永莲合十谢了指点之恩，却又问道："往常听大师说法，不曾闻得这些妙旨，却是为何？又不知由此入道还要经过什么难关？乞大师明白指示。"

妙善大师道："永莲，你有所不知，平日间听我说法的人，都是

观音古洞为西天景区中著名庵院

些愚蒙未启之辈。若拿这种深奥的道理去讲给他们听，非但如对牛弹琴，白费心机，并且反将他们的心窍闭塞，永远没有开凿之望。故我向这班人说法，先求正他们的心志，心志正了，方寸灵台间自然光明。愚昧既启之后，再与他们讲求入道玄机，那才易于领悟了。"

接着又道："你问我入定的缘故，由入定到证果，说远不远，说近不近，似乎可说，实不可说。入定一回事，不过是有了相当的功行，神魂能出舍遍游十方，但是终究还不能脱离躯壳。若是入了定无法出定，要不多时，躯壳即如常人，萎化腐烂；就是已脱离躯壳的神魂，也要不了多时就会分崩离散，终于泯灭。这与常人的老死也没有什么判别。故在这一个期间，入定之后，必要求能够出定。由这一步功夫做去，逐渐进步，就会达到身外身的境界。什么叫作"身外身"呢？就是在躯壳之外另成一身，神魂尽可与躯壳脱离。就是入定之后，不必再求出定，神魂依然团结，永不会分散消灭。到此一步，便可脱却皮囊，得成大道。但你要达到这种境界，非但要坐禅功深，礼佛念切，还要积满三千功德，受尽万般苦难，方才有望。你不闻佛祖当年也一般地受了许多意外魔障，才能得道的吗？如今我们论功行还未及一半，功德未积，苦难未受，哪得成道？可是，只要心坚，终究不会白修的。就如你能够入定一事，就是个大大的证明，只要耐心修去就得了。"这一番话，永莲听得乐而忘倦。

光阴如弦上之箭，一转眼又是三年。那一日，妙善大师正在打坐，方将入定，忽觉有人对话道："灵台上莲花开否？"一人道："开了，开了，只少一位菩萨。"大师暗暗道："不好！怎么外魔敢来相袭？"急急收束心神归舍，却见自己一颗心已变成一朵半开的白莲，莲花上面端坐着一位菩萨的法身，低眉合眼。仔细看时，那位菩萨原来是自己的化身，不由得一阵欢喜。妙善大师也不向旁人道破，次日早上做完功课，才对大家说道："我前蒙佛祖显化指点，曾说过如要正果，定要须弥山上雪莲花做引。我想：自从舍身以来，我闭门苦修，并未出去朝过名山，岂会有得到雪莲之日？故如今决计往朝须弥，顺便寻访白莲。你等在此，好生修行，将来少不得都有好处。"大家听了，觉得突兀，不免面面相觑。那保姆和永莲听了，高兴异常，声言愿意做伴前往。大师大喜，便将金光明寺中内外诸事托付给执事的多利，并且嘱她道："寺中一切事务，须要依照往时，不可变更成法。我们此去，多则一年，少则半年，不论是否觅得到雪莲，一定要回寺的。"多利一一领教。

妙善大师交代过了一遍，便带了保姆和永莲二人回到自己禅房内，收拾了些衣帽食粮，叫永莲打开一只木箱，只见里边放着整箱的细麻织成的草鞋，拿来一数，恰是一百单八双之数，便一双双地打叠起来，扎做一捆；又取过一只木桶，里边贮着米谷，取出三个黄布口袋分别装了，预备各人背负一袋。这些都是她贬谪在灶旁受苦之时编织拾掇的，今番要走长路，恰正用得着。更换的衣服，合打着一个包袱，以便在路上轮流背负。那一只紫金钵盂，是出家人出门挂褡的信号，且又是妙庄王所赐，格外宝贵，妙善大师自己带在身旁。三人收拾停妥，携了包裹等物，走至外厢，到大殿上拜过佛祖。通诚祝告一番，方才动身登程。合寺僧尼在后相送，就连耶摩山的一般信士，也都手持清香，叩送妙善大师前去朝山。

[叁]观音得道日夏历九月十九香会

历经种种磨难，妙善大师终于可以得道了，得道的象征，是羊脂白玉净瓶的清水中会长出柳枝。

且说妙善大师朝山归来，在禅堂坐定，众僧尼过来参见毕，妙善大师将路上之事从头至尾向大众宣说一番，听得大家眉飞色舞，

海天一色（紫竹林禅院）

不住地宣诵佛号。妙善大师取出长眉老人所赠之羊脂白玉净瓶，站在佛前供桌前。众僧尼知道是一件宝物，只等瓶中有水生出柳枝来，早让大师成佛。

在妙善大师讲说的时候，原有不少闲人在听，闲人中老少都有，内有一个童子名唤沈英，生性最是聪明，只是极其顽皮，惯喜一天到晚和人家玩笑。他听大师说到那白玉净瓶自会有水，自会长出柳枝，有些不信，于是灵机一动，要和妙善大师打趣。某日，他预先备下一罐清水、一枝柳枝，藏在隐僻之所，然后潜往柴房，敲石取火，就在柴草上点着。火逞风威，熊熊燃烧起来。僧尼闻得柴房失火，都吓得手忙脚乱，奔往柴房，忙着汲水救火，前面禅堂中走得人影也没有一个。沈英便趁此机会跑到禅堂，纵身跳上供桌，将罐中的水倾入净瓶，柳枝也插得端端正正，又拭净了供桌上的足印，一溜烟跑了。这时，山下居民也都赶来帮忙扑火，谁也不会留心沈英，更想不到这把无情火正是这小子点的。那沈英肚里寻思道：白玉净瓶中的水也注满了，柳枝也插了，照大师说，就是坐化成佛的日子。如今我弄个假，她明天不能坐化成佛，便可和她大大地开一场玩笑，那时看她还有什么说的！当下，大火幸而发现得早，救火的人又多，一会儿便被扑灭，未曾酿成大灾。忙碌一场，已是黄昏时分。大家吃过晚饭，收拾停妥，各回禅房中去做清课。谁也不曾看到，供桌上的羊脂白玉净瓶已经有了清水，有了柳枝。

写有"南无观世音菩萨"的慧济寺照壁

　　这件神异之事，终于在夏历九月十九实现了。从此，妙善大师成
了神佛，成了救苦救难大慈大悲的观世音菩萨。

观音传说在海外

普陀山在海上的位置，为观音文化的传播提供了地理优势。在海外的传播，促进了观音道场的形成和发展。

观音传说在海外

[壹]观音传说在海外

　　普陀山在海上的位置，为观音文化的传播提供了地理优势。在海外的传播，促进了观音道场的形成和发展。

　　普陀山自开山以来，佛教文化一直成为中外交往的重要窗口。

　　唐大中元年（847年），有西域僧来谒潮音洞。

　　宋代张邦基《墨庄漫录》载："三韩（朝鲜）、外国诸山，在杳冥

《普陀山宣言》为世界佛教论坛之宣言

间，海舶至此，必有祈祷。（宝陀）寺有钟磬、铜物，皆鸡林（新罗）商贾所施者，多刻彼国之年号，亦有外国人留题，颇有文采。"

元至正八年（1348年），高丽僧慧勤诣北京法源寺参梵僧指空，嗣往江南朝礼补陀山。

明万历三十一年（1603年），西域僧本陀难陀建普同塔。

天启六年（1626年），有梵僧来自波罗奈国，见茶山一带洞壑平坦，以为胜过八吉祥六殊圣地，取出所怀释迦佛舍利，建舍利塔。

清康熙年间，海禁大弛，各国信徒"梦求名山久，因之驾海来"，泰国、缅甸、锡兰、老挝、印度、菲律宾等国善信纷至沓来，带来各种供品、佛像及法器多达数百件。

普陀山正山门

清朝末年，除海外僧侣连年来山礼佛外，普陀山高僧出访弘扬佛理者不断。光绪八年（1882年），普陀山僧慧根赴印度、缅甸礼佛，带回缅甸玉佛五尊，在上海建玉佛寺。

光绪十八年（1892年），山僧广学赴菲律宾传教，募金万两，回山重建殿宇；民国初再次出访越南，病逝于异国。

民国8年至15年（1919—1926年），普济寺住持广通先后两次出国弘法，足迹遍及暹罗（泰国）、越南、缅甸、印度及南洋诸岛，后留居马来西亚十余年，兴建寺院四处。

民国12年（1923年），洪筏禅院僧圆照出游马来西亚广福宫，翌年，朝拜大金塔，后赴新加坡大光明山觉觉精舍任知客半年。

民国14年（1925年），曾闭关于锡麟堂

民国5年（1916年）的题刻

的名僧太虚，率团出席日本东京佛教大会；17年（1928年）又应邀赴英国、法国、德国、荷兰、比利士、美国等地宣讲佛学，受到各国佛教界的隆重接待。

民国36年（1947年），福泉庵僧印实出游新加坡，在彼国建一同名寺院；大乘庵住持善兹赴缅甸后留任仰光龙华寺住持，回山时，带来一批玉佛供于千佛楼。

20世纪50年代至70年代末的三十年间，普陀山观音道场与海外的传播几近空白。1979年以后，海外的传播逐渐增加。近年，随着观音道场知名度的增加以及交通、网络的发展，对海外的传播越来越方便，越来越频繁。

1984年4月，新加坡佛教天德堂组团前来朝圣，在普济寺题写"圆通醒地"四字。6月14日，美国纽约佛教协会会长乐渡法师、加拿大佛教协会副会长诚祥法师及三位信徒前来朝山拜佛。8月17日，方丈妙善大和尚应应行久邀请，赴美国参加玉佛塔揭幕仪式，并参访纽约、洛杉矶、旧金山等地华人兴建的三十多处寺院，受到美国佛教界的隆重接待。

1989年4月6日，台湾十方禅林规划团十人来山朝圣。8月，美国国际佛教促进会派出摄制组来山拍摄《海天佛国》录像片。10月17日（农历九月十九），普陀山举行佛像开光暨妙善方丈升座法会，十多个国家和地区一千四百余名外宾云集，盛况空前。

1992年3月4日,应菲律宾杨秀清等居士邀请,道生、智禅两位法师偕演权、雪岩、传实出访,受到该国隐秀寺住持自立法师、普贤寺住持惟慈法师等佛教界人士的热情接待。

　　1993年9月18日,由一百二十八名僧人和佛教信徒组成的菲律宾天竺庵大型进香团来山礼佛。

　　1995年5月10日,来自法国、英国、美国等四百二十三名欧美客人乘五星级豪华型万吨邮轮"海国明珠"号抵普陀山游览。11月21日,加拿大纽芬兰省政府代表团一行二十六人来山。12月11日,由三百四十名韩国僧尼和佛教徒组成的大型进香团来山进香和游览。

　　2003年3月12日,由美国、英国、德国、法国、瑞士、荷兰、意大

波光粼粼的莲花洋

利、新西兰等十二个国家一百五十三名游客组成的欧美大型旅游团来山观光。3月21日，韩国国际海运港湾学会议长兼韩国地域及产业开发研究所所长金德洙博士、韩国东国大学教授曹永禄博士、韩国梨花女子大学史学教授申滢植博士等一行七人，专程到普陀山佛教文化研究所进行中韩佛教和海洋文化学术交流。3月25日，普陀山管理局由蒋宝华局长带队，赴韩国汉城、釜山、济州等城市举行为期一周的"佛光之旅"大型文化交流会暨旅游推介活动。6月21日，韩国曹溪宗百阳寺和利川松光住持、大乘宗会议长、三宝宗教育院长普德贞勒法师一行四人来普陀山寻找族长辈和族人。

2006年3月19日，巴哈马籍豪华邮轮"阿玛蒂"号来山，来自德国、意大利、澳大利亚、比利时、俄罗斯、美国等国家的四百五十六名游客登岸游览。4月16日，祈祷世界和平法会暨首届世界佛教论坛闭幕式隆重举行，来自世界各国的一百零八位高僧大德和三十七个国家的政要贵宾一千多人参加了法会，论坛通过了《普陀山宣言》，提出"新六和"精神。5月28日，巴哈马籍豪华邮轮"环球"号首抵普陀山，来自美国的一百六十三名老年游客莅山游览。

2007年4月，泰国诗琳通公主在泰国驻华大使祝立鹏·暖西猜等陪同下来山朝圣，在《普陀山宣言》碑前植罗汉松一棵。

2008年6月20日，中国普陀山首届佛教用品博览会在朱家尖科技馆举行。10月18日，由八十余名团员组成的泰国大型女子朝圣团

苍山。10月27日，巴哈马籍豪华邮轮"不来梅"号首抵普陀山，来自德国、瑞士、澳大利亚等七个国家的一百三十一名游客登岸观光。

[贰]观音传说在日本

元至元末年，宝陀寺住持如智两次奉旨出使日本通好，因中途风阻等而返。大德三年（1299年），宝陀寺高僧一山一宁持国书出使日本通好，后留

"新罗礁纪念碑"见证观音文化与韩国的交往

居日本十九年，弘扬教义，开创"二十四派日本禅宗"之一的一山派禅宗。其弟子大山德见、雪村友梅、崇山居中、月山友桂、东林友丘等，慕师高风，纷纷入元求法。至正元年（1341年）前后，日本灵洞院刊印大川普济《五灯会元》二十卷。至正二十八年（1368年），经日本入元僧圆月等多方筹划，该院再次刊印《五灯会元》等中国佛籍。

明永乐元年（1403年），日僧坚中圭密赍《绝海和尚语录》入明，求得普陀山高僧祖芳道联序文回国，此间两国交往亦以国内高僧充任使节。景泰四年（1453年），以日本高僧东洋允澎为正使，遣明使船九艘载千余人来华进行商贸活动，船停莲花洋，有官员乘画船

南天门游步道

五十余艘，吹角打鼓迎接，接着由巡检司官员做向导，驶往宁波。成化四年（1468年）五月，以日僧天与清岩为正使的第四次遣明使船，停泊于莲花洋等候明船迎接，然后驶入沈家门。嘉靖二十六年（1547年）五月，日本第十一次遣明使僧策颜周良、副使钧云等数百人从山口出发，驶入宁波，因期限未到，在普陀山附近峃山岛度过十个月，多次朝拜"海天佛国"。

民国18年（1929年）4月，太虚法师环游欧美各国讲学，归国时途经日本神户，日本佛教界人士佐伯定胤造访，约同倡议世界佛教新运动。佐伯定胤十分热心于中日佛教文化交流。

1979年整修普陀山，次年即有日本松蒲英文等信徒二十余人朝拜普陀；12月，日本曹洞宗贯首秦慧玉长老率百余人在宁波天童寺举办如净禅师得法大型法会，普陀山佛协派出道生法师和正慧法师率三十人代表团前往参加。

1992年6月，有日本NHJ摄影队来山拍摄《隐元法师东渡日本》、《隐元法师与日中文化交流》专题电视片。

在日本佛界人士频繁朝拜、访问普陀的同时，普陀山高僧也多次应邀赴日本访问、传法。1986年7月，应日本曹洞宗大本山永平寺邀请，普济寺都监道生法师与潮州开元寺住持慧原法师等七人组成中国佛协代表团访问日本，参观横滨总持寺、福井宝庆寺、金泽大乘寺、延历寺、唐招提寺等日本名刹，拜访山田惠谛、道瑞良秀等高僧。

1991年11月3日，普陀山佛教协会秘书长王德明和道生法师、道全、信光等六人应邀赴日参加日本观音灵场会成立十周年纪念法会。

1993年9月19日，慧锷大师纪念堂落成，日本中国观音灵场会第三回普陀山友好交流团团

日本寺院赠送普陀山的观音像，安放在不肯去观音院内

长坪井全广率团参加典礼。

2000年9月16日，日本观音灵场会友好访华团赴普陀山访问交流。

2004年4月13日至20日，应日本国观音灵场会邀请，以戒忍会长为团长的弘法团一行十人赴日访问。10月7日，一山一宁国师纪念堂和灵塔落成法会在普济寺举行，普陀山各寺院僧众和以日本东京都临济宗南禅寺派管长中村文峰长老为首的日本宗教友好代表团一行二十四人参加了法会。

"海天佛国"牌坊

观音传说的保护与传承

对于观音传说的保护、研究、传承，普陀山风景名胜区管理委员会同普陀山佛教协会历年来做了大量的工作，包括对文物的保护和修复，成立观音文化研究机构，对非物质文化遗产观音传说进行普查，出版观音传说的各种著作，对观音传说的传讲和对传承人的工作环境予以重视等。

观音传说的保护与传承

　　对于观音传说的保护、研究、传承，历年来普陀山风景名胜区管理委员会同普陀山佛教协会做了大量的工作，包括对文物的保护和修复，成立观音文化研究机构，对非物质文化遗产观音传说进行普查，出版观音传说的各种著作，对观音传说的传讲和对传承人的工作环境予以重视等。

元、明、清、民国历代山志中，都有观音灵异的记载

[壹]观音传说的保护

观音传说之源，是民间的观音信仰，以及因观音信仰而兴起的观音道场，所以保护观音传说的根本，在于保护观音道场以及民间的观音信仰。

在普陀山观音道场的历史上，曾出现过明代因抗倭引起的以及清代因南明政权引起的破坏和衰败，也出现过明万历朝和清康熙朝的兴盛。

20世纪50年代始，因宗教政策以及"文化大革命"，普陀山观音道场受到了相当严重的破坏。随之，观音传说也遭到破坏和清除。"文化大革命"结束后，普陀山观音道场再一次兴盛，观音传说又变成合法的乃至成为非物质文化遗产。

1. 重点文物保护和不肯去观音院修复。

（1）重要的、包括有观音传说内容的文物得到保护。

法雨禅寺：2006年5月25日，列为第六批全国重点文物保护单位。

多宝塔：2006年5月25日，列为第六批全国重点文物保护单位。

普济禅寺：1979年6月19日，市级重点文物保护单位。

慧济禅寺：1979年6月19日，市级重点文物保护单位。

杨枝观音碑：1979年6月19日，市级重点文物保护单位。

五祖碑：1979年6月19日，市级重点文物保护单位。

（2）包括有民间传说的佛像重塑：比如善财拜观音群像，供奉观音像的、有"活大殿"之说的圆通宝殿，观音的各种应身和三十三天观音像的重塑。

（3）不肯去观音院的重建，不肯去观音像的重塑。2001年11月重建不肯去观音院，仿唐式，大殿高5.5米，长11.5米，进深7米，建筑面积77平方米，内供奉唐式不肯去观音像。

（4）采取有效措施重点保护各种观音塑像、雕刻，如唐代阎立本画的"杨枝观音碑"、梵音洞庵的"海岛观音像"，以及普陀山的元代多宝佛塔、洛迦山的五百罗汉塔、桃花岛上观音出家的白雀寺等古迹，都列为重点文物加以整修和保护。

新建于观音道场的万佛宝塔

2. 把观音传说列入非物质文化遗产，整理出版相关书籍，改编成剧本上演。

（1）把观音传说列入非物质文化遗产加以保护，成立相应机构，并作范围广泛的普查，整理出版相关文集。

（2）1985年开始，结合"中国民间文学三集成"的普查，把观音传说作为一种传统文化进行广泛普查、搜集、整理。三年时间，搜集民间广为流传的观音传说四十多则，包括广泛流传的《慧锷请观音》、《观音出家》、《妙庄王火烧白雀寺》等传说。

（3）整理、出版有关观音传说的各种书籍。至2005年，已先后整理出版有关观音的传说、话本、画册等几十种，其中主要有《普陀山观音传说》、《观音居住的地方》、《观音传说与观音道场》、《观音别传》、《普陀山观音文化胜迹游访》、《观音造像艺术》、《观音宝相缘》、《普陀山观音宝相集》等。

（4）2002年，由舟山市戏剧家协会主席李世庭创作、舟山市小百花越剧团上演的越剧《观音出世》、《观音得道》，把观音传说中的各种故事有机地串在一起，通过舞台演出，使观音文化能够得到更好的保护和流传。

（5）影印出版了一套普陀山志，有元代盛熙明编修的《补陁落迦山传》，明代侯继高编修的《补陀洛迦山志》，明代周应宾编修的《重修普陀山志》，清代康熙朝裘琏编修的《南海普陀山志》和朱

谨、陈璇编修的《普陀山志》，清代乾隆朝许琰编修的《南海普陀山志》，清道光朝秦耀曾编修的《重修南海普陀山志》，民国王亨彦编修的《普陀洛迦新志》和尘空法师编著的《普陀山小志》等。上述志书中，每套均记载有观音灵异传说、观音民间传说，这对保护和传播观音传说起到了积极作用。同时，还影印出版了民国27年（1938年）由上海净缘社辑印的《历朝名画观音宝相》，内有包括唐代吴道子、阎立本等著名画家所作的一百二十余幅观音画像，以及题跋等文字——也可看作是观音传说保护和传承的史册。

为慈善事业义卖的书法展

3. 成立研究机构。

普陀山文化研究会于2004年成立，邀请余秋雨、沈鹏、钱绍武、王鲁湘等文化名人为普陀山文化顾问，并经常组织作家、书画家、摄影家来山采风创作，举办画展、摄影展和诗歌朗诵会。通过对普陀山文化资源的精深挖掘，整理出版了《普陀山典籍》以及《天海相伴无穷极》、《普陀山拾禅》、《芒鞋葛杖上普陀》等书，编印出版了《普陀山旅游指南》、《佛国五十三参》、《菩提路下任逍遥》，创办了《普陀山文化》、《普陀山报》，续修《普陀山志》，着手整理普陀山历代诗选、文选、观音传说、观音宝像、《心经》书法典藏等。协助申报并顺利通过了观音传说为国家级非物质文化遗产。

1998年8月8日，普陀山佛教文化研究所成立，址设隐秀庵，开展普陀山佛教文化的整理和研究工作，编辑出版了《普陀山诗词全集》等。

4. 举办研讨会和出版研究文集。

2003年11月，在普陀山举办"普陀山与海上丝路"国际学术研讨会。韩国学者、韩国"海上张保皋"纪念事业会会长金文经一行五人参加研讨会。其论文《八至十世纪新罗人在中国研究》、《再论普陀山新罗礁》等五篇在会上宣读。日本学者中原良辨为研讨会撰写了《惠萼入唐考辨》。研讨会的论文集《慈航慧炬化丝路》由中国文联出版社于2004年10月出版。

此外，在每一届中国普陀山南海观音节，都举办观音文化论坛。

[贰]观音传说的传承

1. 传讲。

观音民间传说的传讲，主要通过三个方面的人员，第一是僧侣，他们在宣传佛教禅宗、宣传观音信仰的同时，也宣传了观音的种种传说，包括灵异传说和民间传说。

其次是研究者和传承人，这里主要指非出家人。通过各种会议和活动传讲。

中国普陀山南海观音文化节是舟山三大节庆之一，由普陀山风景名胜区管理委员会和普陀山佛教协会联合主办。自2003年举办以来，围绕建设国际佛教圣地和世界旅游胜地的目标，把文化优势转化为旅游经济优势，在注重文化节庆经典性和大众参与性的前提下，突出独特的文化内涵和品位，并提出了"小现场，大媒体"的办节思路。

2007年，在第三届中国节庆年会——节庆产业年度颁奖盛典上，中国普陀山南海观音文化节荣获"中国节庆产业十大影响力节庆"和"中国节庆产业十大人物类节庆"两项大奖。

自2003年11月举办首届中国普陀山南海观音文化节起，至2011年11月，共举办了八届。

2006年4月13日至16日，由中国佛教协会和中华宗教文化交流协

庵院中的尼师在诵经

会共同举办的首届世界佛教论坛分别在杭州和舟山普陀山举行。围绕"和谐世界，从心开始"的主题，就"佛教的团结合作"、"佛教的社会责任"和"佛教的和平使命"等三个议题进行深入交流，探讨如何从佛教自身特点出发，推动不同国家、不同民族和不同宗教共同致力于建设一个持久和平、共同繁荣的和谐世界，并为世界佛教的未来发展献策。

4月15日晚上，普陀山举行"无尽心灯夜夜明"传灯活动，秩序井然，盛况空前。16日上午在普陀山南海观音广场举行祈祷世界和平法会和论坛闭幕式，《普陀山宣言》提出了"新六和"的愿景。首届世界佛教论坛取得了圆满成功和积极成果，达成"和谐世界，从心开始”的共识。

再次是旅游部门和导游，他们为了吸引旅游者，往往把观音灵异传说和民间传说当作宣传的内容，在客观上成了观音传说的传讲者。

2. 传承人。

当观音传说尚被当作反动的非物质文化的时候，最早的传承人已经顶着种种阻力，开始搜集整理民间的观音传说了。当普陀山观音道场开始修复被“文化大革命”破坏的种种时，传承人更是放开手脚修复观音传说方面的非物质文化遗产。是他们的执著工作，为接下来更大范围的保护研究提供了坚实的基础。

千年古樟见证了观音道场的兴衰

观音传说的传承人介绍如下：

管文祖（1930—2009），浙江丽水人。中国民间文艺家协会会员，曾任浙江省民间文艺家协会理事、舟山市民间文艺家协会主席、普陀县（区）文化馆馆长、普陀区人大常委会教科文卫委员会主任等职。从20世纪80年代初开始从事观音文化研究，深入海岛乡村，广泛采录有关观音传说故事，先后在普陀山、沈家门、桃花岛、朱家尖、六横岛等地采录、整理观音传说故事二十多个，特别是《不肯去观音》、《观音跳》、《杨枝观音碑》、《观音收韦驮》、《观音泼水塌东京》、《观音摘云架海桥》、《观音斗法降红蛇》、《观音收善财》、《观音收罗汉》等传说，多次刊登于浙江《山海经》、舟山《海中洲》、上海

法雨禅寺

《采风》以及《东海传奇》、《山海奇观》、《普陀山观音传说》、《观音别传》和舟山市、普陀区的"中国民间文学三集成"等书刊上，使这些长期流传于民间的观音传说故事得以更广泛地传播和弘扬，成为观音传说这一非物质文化遗产的重要传承人代表。

周和星（1939-1992），舟山市定海区人。中国民间文艺家协会会员、浙江省戏剧家协会会员。"文化大革命"前在设于普陀山的舟山商校任教，"文化大革命"后调入舟山市文化局，先后任创评室主任、市文化局副局长、舟山市文联副主席，多年来主管文艺工作。在他的主持下，编辑出版《东海传奇》、《山海奇观》、《东海龙的故事》等民间文学集多本。20世纪70年代起，与管文祖、李世庭等人一起搜集整理普陀山观音传说，曾与李世庭到普陀山走访群众十余人，整理观音传说多篇，主要作品有《龙女拜观音》、《观音献蛤蜊》、《八仙请观音》、《牛度十八罗汉》、《飞沙呑》、《二龟听法石》、

普济寺莲池上的永寿桥

石桥路上的莲花图案

《几宝岭和悦岭庵》等。这些作品曾在浙江人民出版社和当代中国出版社出版的《普陀山传说》中发表。

李世庭，舟山市定海区人，生于1939年3月。中国民间文艺家协会会员、浙江省戏剧家协会会员，副研究馆员。自1962年起一直从事文化工作，至2000年退休。曾任舟山市文联《海中洲》杂志主编、舟山市文联秘书长等职。退休后被聘为舟山市定海区非物质文化遗产保护专家委员会主任。

李世庭自20世纪70年代起，与管文祖、周和星等一起从事民间故事的搜集整理工作。1979年夏，与周和星到普陀山专事采录观音传说故事，走访群众十余人，采集整理的观音传说，以管和庭为笔名在

20世纪80年代初刊出的《海中洲》杂志上陆续发表，后由浙江人民出版社、浙江摄影出版社结集出版。1998年4月，李世庭编的《普陀山传说》由当代中国出版社出版。该书主要在普陀山销售，发行情况颇佳，连续多次再版，发行量达五万多册，传播于海内外，影响面之广超越普陀山历代其他出版物。其中《古佛洞》等在《山海经》杂志上发表。

李世庭在20世纪末根据观音传说故事编就大型越剧《观音出世》和《观音得道》，反映观音为普度众生而出世的坚强决心和她的慈悲情怀、博爱精神。由舟山小百花越剧团排练后在市内外演出，在群众中有一定影响。

虚岛（笔名），浙江岱山人。研究馆员，曾任舟山市文联《海中洲》杂志主编，现为舟山市民间文艺家协会主席、中国民间文艺家协会会员、舟山市非物质文化保护专家委员会副主任、《文化昌国》杂志执行主编等。

20世纪80年代起，从事普陀山观音文化的研究和观音传说的搜集整理工作，先后编辑出版《普陀山史话》（甘肃民族出版社，2000年8月版）、《舟山民俗大观》（远方出版社，1999年11月版）、《观音传说与观音道场》（中国文联出版社，2000年12月版）、《僧侣·佛陀·帝王》（中国文联出版社，1999年10月版）。2007年，参与《普陀山典籍》编辑出版工作。2008年，应普陀山风景名胜区管理委员会之聘，执笔编修普陀山志，兼任《普陀山文化》杂志副主编。

参考书目

1. 《补陁落迦山传》一卷。元盛熙明著于至正二十一年（1361年），全书分自在功德、洞宇封域、应感祥瑞、兴建沿革、观音大士赞、名贤诗咏、附录七品。

2. 《补陀洛迦山志》六卷。明侯继高著于万历十七年（1589年），鄞县屠隆、皖城刘尚志、武陵龙德孚、镇海邵辅忠作序。北京图书馆有藏本。

3. 《重修普陀山志》六卷。明周应宾著于万历三十五年（1607年），南京大学图书馆、日本东洋文库有藏本。清《四库全书》存目。

4. 《重锓普陀山志》五卷。明万历三十六年（1608年）邵辅忠会僧性能重刻。

5. 《南海普陀山志》十五卷加卷首。清康熙三十七年（1698年），前后两寺住持通旭、性统聘慈溪裘琏辑，慈溪姜宸英、钱塘高士奇、鄞县万言鉴定，通旭、性统校订。全书分山图、志例、形胜、梵刹、建制、灵异、赞颂、法统、颁赐、古迹、流寓、精蓝、法产、方物、事略、艺文等篇。

6. 《普陀山志》十五卷。清康熙四十四年（1705年），普济寺住持聘请昆山朱谨、长洲陈璇辑。福建施世骠、襄平甘国璧、云间王鸿绪、鄞县邵基作序。《四库全书》存目。

7. 《南海普陀山志》二十卷加卷首。清乾隆四年（1739年），法雨寺住持法泽聘请同安许琰编辑，法雨寺住持明智、法泽校订。分天章、形胜、建置、梵刹、颁赐、灵异、法统、禅德、精蓝、流寓、法产、方物、事略、旧章、艺文、赞谒诸篇。

8. 《重修南海普陀山志》二十卷。清道光十二年（1832年），普济寺住持能仑聘请金陵秦耀曾辑，金陵王鼎勋参定，能仑校订。

9. 《普陀洛迦新志》十二卷加卷首。民国13年（1924年），普陀印光法师通过定海知县陶镛聘请定海王亨彦编修。分山图、形胜、梵刹、营建、禅德、檀施、流寓、规制、艺文、志余、叙录诸篇，历代诗咏全归各门目，艺文篇单存僧人著目；立规制一章，录诸寺院规约、政府有关宗教法令。

10. 《普陀山志》。1994年由普陀山管理局编修，方长生主编，上海书店出版社于1995年6月出版。

11. 《普陀洛迦山志》。1999年由普陀山佛教协会编修，妙善鉴定，王连胜主编，上海古籍出版社于1999年11月出版。

12. 《普陀山史话》。张坚著，2000年9月由甘肃民族出版社出版。

13. 《观音传说与观音道场》。张坚编著，2000年12月由中国文联出版社出版。

14. 《普陀山诗词全集》。王连胜主编，2008年12月由上海辞书出版社出版。

15. 《普陀洛迦山佛教故事》。

16. 《僧侣·佛陀·帝王》。张坚著，1999年10月由中国文联出版社出版。

17. 《普陀山》。方长生编，1998年4月由当代中国出版社出版。

后 记

  《观音传说》的撰写，从2011年的深秋到2012年的初夏，历时大半年。

  2011年冬，曾在杭州的黄龙洞与浙江省非物质文化遗产保护办公室主任王淼先生品茶，得到王淼先生对于《观音传说》写作思路、提纲设置的详细指教。2012年春书稿初成后，王淼先生又给予审阅。

  书稿成后，得到舟山市非物质文化遗产保护专家李世庭、方长生先生的指教，提供了宝贵的修改意见。

  在本书成稿过程中，得到了普陀山风景名胜区管理委员会蒋志伟、夏远翔、丁宏斌、翁德康、陈虔诸位先生的关心和支持。

  对于上述诸位，笔者表示衷心的感谢！

  本书所有照片均由笔者在撰写书稿期间，踏访普陀山诸胜景古迹所摄，这应该如佛顶山的春茶，是时新的。

张 坚

2012年于普慧庵·立夏节

责任编辑：唐念慈
装帧设计：任惠安
责任校对：程翠华
责任印制：朱圣学

装帧顾问：张　望

图书在版编目（ＣＩＰ）数据

观音传说 / 张坚编著. — 杭州：浙江摄影出版社，
2014.1（2023.1重印）
（浙江省非物质文化遗产代表作丛书 / 金兴盛主编）
ISBN 978-7-5514-0509-6

Ⅰ. ①观… Ⅱ. ①张… Ⅲ. ①观音—信仰—中国
Ⅳ. ①B949.92

中国版本图书馆CIP数据核字（2013）第281405号

观音传说

张　坚　编著

全国百佳图书出版单位
浙江摄影出版社出版发行
　　　　地址：杭州市体育场路347号
　　　　邮编：310006
　　　　网址：www.photo.zjcb.com
经销：全国新华书店
制版：浙江新华图文制作有限公司
印刷：廊坊市印艺阁数字科技有限公司
开本：960mm×1270mm　1/32
印张：6
2014年1月第1版　　2023年1月第2次印刷
ISBN 978-7-5514-0509-6
定价：48.00元